よるのばけもの

住野よる
Yoru Sumino

双葉社

よろのばけもの

装丁　bookwall
装画　loundraw

夜になると、僕は化け物になる。

〈火・夜〉

暗い部屋で一人、寝ていても座っていても立っていても蹲《うずくま》っていても、それは深夜に突然やってくる。ある時は指の先から、ある時はへそから、ある時は口から。

今日は、目から黒い粒が一滴の涙の姿で零れ落ちた。一粒一粒、止まらない涙のようなそれは徐々に勢いを増し、やがて滝のように両目から溢れる。うぞうぞと蠢《うごめ》く黒い粒は顔を覆いかくし、首から胸、腕、腰、そして指の一本一本にまで流れ全身を覆っていく。

体の表面から黒以外の色を失い、そこからは自分の体がどのように変化しているのか客観的には見たことがなく分からない。ただ骨となく肉となく皮膚となく黒い粒たちと同化し体の形が変化していく感覚がある、その様子はさぞ、おぞましいことだろう。いや、客観的に見たことがないのだから、一概には言えないのか。ひょっとすると、まっくろくろすけのような可愛げがあるかもしれない。

ともあれしばらくの後、六つの足を持つ獣のように変化した自分の体を、頭部にギョロリとむいた八つの目玉でようやく見ることが出来る。姿見に映った自分の姿は、細かく動く黒い全身に白目の部分だけが光って、いつの間にか開いた口の奥は底がないように暗い。

この姿を初めて見た夜はあまりの驚きに体表の黒い粒が暴れ出し、部屋中のものを薙ぎ倒してまわったものだった。けれど、慣れてみればそれはテレビゲームに出てくるモンスターや、アニメで見た怪獣のようだと、案外簡単に受け入れることが出来た。現代に生まれてよかったと思う。

変身時、最初の大きさは大型犬くらい。大きくなりたい場合は、自分の意思で黒い粒を動かせば山ほどにも大きくなれる。しかし今、部屋の中で大きくなる意味はない。

外に出かけよう。初めて化け物になった日みたいに窓を割ってしまわぬように気をつけながら、僕は軽やかに跳んで窓のわずかな隙間に体を滑り込ませ、二階にある自室を抜け出した。

一度液体のようにバラバラになった僕の体は流線形になって空気を裂き、数秒後、音もなく土の地面に着地する。うちから三百メートルほど離れた場所にある空き地だ。以前は適当に跳んでいたのだけど、一度知らない家の犬小屋を踏みつぶしてしまってからはこの空き地を着地点にすることに決めた。可哀想な犬には後日、こっそりジャーキーをあげた。不幸中の幸いは、彼がちょうど小屋の外で寝ていたことだ。

気持ちのいい夜風と心地いい静けさの中、寝起きな野良猫の見守る横で僕は体の大きさを三倍ほどに膨らませる。色々な大きさを試してみてちょうどすわりのいいサイズがこれだと判明した。落ち着く寝相みたいなものだ。突然巨大化した真っ黒い化け物に、眠そうだった野良猫も一目散に逃げていく。ごめんよ、安眠の邪魔をして。

道路の幅ギリギリの大きさになった化け物の僕は、六つの足を昆虫のように動かしながら、誰もいない道を闊歩《かっぽ》する。普段なら、ここから何をするのか考えるのだけれど、今日は目的地が一つ決まっていた。

途中、猫をいじめている野良犬を追い払ったりしながら歩いていると、十字路に差し掛かった。

昨夜はここで左に曲がって海へと出たのだった。深夜の海岸は静かで、波の音がこの黒い体の脈動を心地よく受け止めてくれた。時間はまだある、目的を達成する前に、今日も海まで行ってみてもいいかもしれない。

昨夜の良い思い出に身をゆだね、体を左に傾けた途端、悲鳴が聞こえた。僕は身を震わす。見ると、自転車に乗り颯爽と走って来ていたお兄さんが僕の存在にぶつかる直前で気がついたらしい。彼は大きな叫び声をあげて、その場で派手に転倒する。可哀想には思うけど、僕には何も出来ないので、ひとまず、海とは反対方向の道へ速足で逃げることにした。人の気配は、すぐに遠ざかる。あのお兄さんも明日には夢か何かと勘違いしてくれることだろう。実際には夢じゃない。僕はここにいるし、窓は割れたし、犬小屋だって壊れたままだ。

夜の僕の速足は、速足というにはいささか速すぎて、いつしか知らない場所に辿り着いていた。ここがどこなのか、大体の位置を掴むために僕は近くにあった公園で、体を家々よりも大きくさせる。電柱も遥かに超えた目線であたりを見渡すと、本当に随分と遠くまで来てしまったようだった。ずっと向こうに、昨日豊かな時間を過ごした海が見える。

夜明けが来るまでには自分の部屋に戻っていなければならない。そうしなければパジャマ姿と裸足で道端に立つ変な人になってしまう。今現在自分がどこにいるのかと、東の空の色を確認するのは大切な作業だ。

姿をくらませる目的以外には、早く移動することに意味はない。だから、ひとまずは道幅程の大きさにまた戻り、道なりにゆっくりと海を目指すことにした。

ふいに見つけられてしまえば相手に驚いてもらうしかないのだけれど、例えば向こう側から車が走ってきているのが見えたとして、僕は大きく上に飛び上がり、車をやりすごす。別に僕は車と当たっても死にはしないし、車も僕に当たったところで黒い粒をかき分けるようにして直進出来るようなので、避けなくてもいい。避けるのはびっくりした運転手が起こす事故を防ぐ意味があって、更に言えば、人を驚かせる遊びには随分前に飽きていた。

今日も正面から来た車を、大きく飛び上がってやり過ごす。こんな体だけど、夜の風を感じる。遠くで鳴るわずかなサイレンの音も聞こえる。夜という時間が、優しい。

海岸に辿り着くと、今夜も海は綺麗に月を反射させていた。

ただし、今日は先客がいた。距離はあるけれど、二人、肩を寄せ合って海岸に座っている人がいる。彼らも豊かな海を楽しみに来たのだろう。そんなところに、化け物が来ては台無しだ。僕は、残念に思いながらも大人しく海岸を離れることにした。心遣いの出来る自分をほんの少し偉く思った。

仕方がない、まず目的を果たそう。

目的地までは、自転車で行けばうちから十分ほど。この体なら走れば十秒とかからないほどだった。けれどますます急ぐ必要のなくなった僕は、関係のない人を驚かさないようにのんびりとそこに向かった。

二十分ほど時間を使って、目的の場所に辿り着く。住宅地から離れ自然に囲まれた場所にあるそこは静まり返っていた。僕は文字通り背を伸ばし、塀の上から覗く。当然、誰もいない。

僕は早速自分の体が溶けるようなイメージを持って塀の間にある小さな穴を通り抜け、校庭へと忍び込んだ。

数時間前、風呂に入っている時だった。学校に行かなければ、だなんて、思ったのは、気まぐれでも、いたずらをする気になったわけでも、ましてや自分の通っている中学校が大好きなわけでもない。明日の時間割変更、ひいては宿題をロッカーの中に忘れてきてしまったからだ。

黒い粒達が集まって、化け物の体を作りあげる。校舎を見ると、中でちらりと光が見えた。警備員さんが巡回をしているのだろう。見つかって、驚かさないようにしなくちゃいけない。

少し体を小さくして大型犬のふりをし、出来る限り校庭の端っこを歩く。まあ、そんなふりしたところで、近づかれでもすれば裂けた口と八つの目、そして六つの足、加えて四本の尻尾が目撃者の心を脅かす。体全体の大きさを変えることや、瞬間的に変形することは出来ても、基本的なこの姿は保つように規則付けされているらしい。誰によってかは知らないけど。

二棟ある校舎のうち校庭から見て奥の方まで辿り着いたら、壁に張り付き、屋上まで一気に上りきる。不要な音がしないよう、金網を飛び越え静かに着地した。本当は途中にあった窓から速やかに侵入すればよかったのだけれど、寄り道をしてみたくなった。

屋上に来たのは、確か一年生の時、学校見学以来だ。妙な高揚感に浮かされながら、夜間でも十分に利く僕の目が、端に落ちた煙草の吸殻を見つけた。

風とこの空間を支配した達成感を堪能し終え、屋上の入り口、重いドアの鍵穴から体を中に滑り込ませる。

無音、いや換気扇なのかなんなのか重い電子音のような低い音がする。真っ暗でもない、非常灯や月明かりで学校内は薄明るい。

ただ、音があって光があっても、夜の学校というものは、はっきり言ってあまり気持ちのいいものではなかった。

例えば人と鉢合わせたとして、驚くのはあちらの方だろうし、いざとなれば巨大化出来るのだから、幽霊や何かが出たって負けはしないだろう。なのに、背中にひやりとした空気が張り付くような感覚がある。よし、さっさと目的を果たして外に出よう。

校舎は五階建てで、僕が毎日通わなければならない三年生の教室は三階にある。ゆっくりと階段を下りていく途中、無音で体表をさわさわと動く黒い粒も何やら不安げだった。図書室や美術室のある四階をやり過ごす。窓から差し込む月の光に黒い体が照らされていた。今日は満月だ。

僕の場合は毎日だけれど、満月の夜にしか変身しないモンスター、例えば狼男なんかがいたりしたら生活リズムが崩れたりしないいんだろうか。そんなどうでもいいことを考えながら三階に辿り着くと、ちょうど階段横のトイレから水の流れる音がして僕は飛び上がり咄嗟《とっさ》に身を隠した。でもそれはただの自動洗浄だったらしく、こんな姿の癖に堂々としていられない自分はどうかと思った。

一歩一歩教室に近づく。僕は二組。二つの教室の前を通る間、今や胸にあるのかも分からない心臓の血管が詰まるような気がした。

本当は短い時間だったのに、変に長く感じた侵入劇の終わりも近い。二組の教室の後ろ、ドアの隙間から中に侵入する。教室に入ってみると、小さな耳鳴りがうるさく聞こえるほど静かで、まるで一つの違う世界に放り込まれた気になった。

　昨日の日直が雑だったから、机の列が、がたがただ。けどそんなことに構ってやる義理もない僕は、さっさと自分のロッカーを尻尾で開ける。整理整頓好きな昼の僕がわざと少しだけ乱雑にした中身はいつ見ても嫌なものだ。

　数学の教科書、問題集、プリント。自由に操れる尻尾でそれらを絡めとる。そういえば、出る時は教室のドアを開けて先にこれらを外に出しておかなければならないのだ。隙間を通れるのは自分だけ。ということは中庭に面した窓側と廊下側、どちらから出るのが手間が少ないだろうか。窓から下に落とすのは絶対にダメだ。なら一度屋上に教科書類を置きに行って後で改めて窓を閉めに来るのがいいのだろうか。面倒だな。

　考えてる時に頭を触る癖を手でなく尻尾でやりながら、僕は何気なく黒板の方へと振り返った。

「なにし、てんの？」

　僕しかいないと信じていた。

目に映る、教壇に手をついて立っていた彼女の姿、あまりに突然のことに息が詰まり、声は出なかった。

　その代わり、全身が総毛だつ感覚と同時に、黒い粒が、暴走した。

　粒は瞬く間に風になり嵐になった。机を薙ぎ倒し、壁に張られた時間割表をはがす。机と床のぶつかる大きな音が重なる。粒は荒れ狂いながら教室全体を覆い、教壇と彼女にもその手を伸ばした。

「わあっ！」

　僕の心の嵐をようやく止めたのは、身を縮こまらせた彼女の悲鳴だった。粒達は暴れるのをやめて、戸惑った様子を見せつつも徐々に僕の体へと返ってきた。

　戻って来ても、粒達はいつもの状態を保ってはくれなかった。全身が、大きく膨れ上がって激しい鼓動のように波打つ。

　彼女は恐る恐ると言った様子でこちらを見ていた。八つの目のうち二つと、彼女の目が合う。

　なんで？　一体、どうして、こんな時間に、ここに？

　相手も僕の存在を疑問に思っただろうけれど、僕も相手の存在を疑問に思っていた。

　沈黙と見つめ合い。

　逃げ出すことを、忘れたわけではなかった。ただ僕は心配したんだ。

　ロッカーをいじっているところを見られていなかったかどうか、そして僕の足元に落ちている教科書を見られていないかどうか、見られていたとしたらどうするべきなのか。

　均衡を破ったのは、彼女だった。

「びびびびびびび、びっくりし、たぁ」

　まるで、驚きが遅れて襲ってきたように、彼女は身を改めて震わせた。いや、彼女のことだ、とろすぎて驚きに置き去りにされていたのかもしれない。

　彼女は大きく肩を揺らし、あたりをキョロキョロと挙動不審に見まわした。自分が今おかれた状況を確認している様子だった。僕はどうしていいか分からず見守る。

それから彼女の頭が何を理解したのかは知らないけど、僕に向かって両手の平を向けた。

「ちょちょ、うちょうっと、待って、て」

そう言って彼女は教室をそそくさと出て行った。前の扉、開いてたのか。

小さな後ろ姿を確認し、彼女がここにいる理由や行動の意味はともかく、ひとまず僕は慌てて教科書類をなおしてロッカーを閉めた。

証拠を隠滅してから、改めて色々な考えが頭を巡った。どうしてこんな時間にあいつはここにいるのか、そしてどこに行ったのか、というかどうして化け物に普通に話しかけてるのか。

本当なら、全く訳が分からず雑然とした想像をめぐらしているうちに逃げればよかったのだけれど、彼女が警備員さんに捕まっていないかと心配になって待ってしまった。

彼女は割とすぐに帰ってきた。にんまりとした笑顔で。

「ただいまぁ、説明して、きたからもう、だいじょー、ぶい」

説明？　と声に出しかけて咄嗟《とっさ》に口をつぐんだ。自分の声がどう相手に聞こえるのか、分からなかったからだ。もし普段の声がそのまま相手に聞こえるとしたら、僕だということに気付かれてしまうかもしれない。それは避けなければならなかった。

そんな思惑があって上手く回避したはずだったのに、化け物になった時の声がどうなるのか、その問題の答えを僕と彼女はすぐに知ることになってしまった。

「それで、何をして、るの」

僕は答えない。

「あっちー、くんだよ、ね」

「へえ？」

固く結んだはずの口から変な声が出た。出してしまった。

汗、をかくのかどうかも分からないけど、体中に冷や汗を感じた。収まりかけていた全身の脈動が、また大きくなる。

どうして、僕だと？

後ろをちらりと見る。やっぱり、ロッカーを見られていたんだろうか。

「あ、やっぱ、あっちー、くんの声っぽい」

彼女は、わざとらしく、ぽんと手を打つ。芝居がかっていて、癇《かん》に障ると言われるその動作は深夜でも、化け物の前でも変わらない。

僕は返事をしない、代わりにどうにかここで彼女の中の認識を変えられないだろうかと、唸り声をあげてみた。吠えられることは、以前に野良犬を追い払った時に知っている。

彼女が首を傾げたので、自分の予想は違っていたと考えてくれたのかと思った。

「お腹す、いてるの？」

違った。彼女は聞き取りにくい変なところで区切る喋り方をしながら、とててっと足音を鳴らし僕の目の前まで近づいてきて、こちらの顔を覗き込んできた。僕は体の巨大化を忘れて後ずさろうとし、つっかえる。

どうしよう。今すぐ逃げるべきか。でも、このまま彼女を放っておいて、夜中に化け物の僕と会ったことを言いふらすようなことがあったら、誰も信じやしないにしても、彼女と僕の距離が崩れてしまうことはよくない。

動揺したことが、彼女に伝わったのかもしれない。彼女はにんまりと何も考えてなさそうに笑った。

「ああ、でも」

「……」

「あっちー、くんじゃないふり、するなら、言いふら、しちゃ、うかも」

「ちょっ、あ、いや」

彼女の脅しに焦っていらつき、つい声を普通に出してしまった。僕の声を聞けたことが嬉しいわけでもないだろうに、彼女はまた笑みを深める。

「だいじょー、ぶい」

何がだろう。

「誰にも言、わないよー」

信用できないし、その言葉の何が大丈夫なのか分からない。

「そのかわ、り私がここにい、るのも言わ、ないでほし、い。おっけー？」

彼女の提案に、僕は少しばかり驚いた。

交換条件、それは僕が彼女に持つ、鈍くて空気が読めなくて馬鹿で、そういうイメージとは少し違う持ちかけだったからだ。

彼女の大きな目にじっと覗きこまれる。

僕は、負けた。

考えた末、こくりと頷いてしまった。どうなってしまうか分からない不安に身を寄せるよりは、相手の弱みも握って交換条件にしてしまった方がいいと思ったんだ。この姿を僕だと決めつけている彼女を、そのまま野放しにするのはあまりにも危なっかしい。彼女は、余計《よけい》なことしか口にしないような人間だ。

後から考えると、僕は誰かに、化け物になれる自分を、知ってほしかったんじゃないかと思う。多分、自慢したかったんだ。

覚悟を決めて、声が裏返らないように気を付けてから、

「分かった」

と言うと、彼女はまたにんまりと笑った。「よ、かった」とも言った。良かったのかどうなのか、そもそも彼女に見つからないのが一番良かったはずなのに。

そうだ、そもそもどうしてこの子はこんな夜の学校に忍び込んでるんだ。

訊こうかどうか迷っていると、先に妙なことを訊かれた。

「あっちー、くん、それ、は着ぐるみ？」

彼女が腕を伸ばし、僕の前足に触ろうとしたから咄嗟《とっさ》に避けた。人から触られてどうなるか分からないから避けた。突然触ろうとする奴があるだろうか。

「違う」

「ああ、そうだ、ね確かに。今のあっちー、くんは着ぐるみを着て、る感じがし、ない」

脅そうとして声にドスを利かせて言ったのに、彼女はまるでひるむ様子がないどころか、また触ろうとしてきた。なんだこいつ。そんなんだから……。

それにさっきから、あっちーくんあっちーくんって。

「あっちーって、君に呼ばれたことあったっけ？」

相手のペースに乗せられ普通に会話をしようとして、自分からあっちーであることを口にしてしまった。

でも彼女は化け物が普通のクラスメイトのように話しかけてくることなんて、まるで気にならないみたいに首をわざとらしく横に振った。

「ない。でもそう呼ばれて、るよね？　私は、矢野《やの》さつきだ、けど覚えてる？　名前で呼、ぶ派？　それとも、あだ名派？」

「……名字派。矢野さんは、あの何で、教室に」

「遊、びに。だけどこれはやりすぎ、だよ。なお、そう」

返事もまたず、矢野さんは僕が倒した机達を起こし整頓し始めた。自分でやっておきながら見ているだけというわけにもいかないので、尻尾を使って一つずつ机を並べる。「便利、ぃ」という彼女の感想は流した。

机を来た時よりも綺麗に並べ終え、時間割表をもう一度貼りなおしてから、彼女は汗を拭くような動作をして僕を見た。

「お疲、れ様あ」

「いや」

班も委員会も部活も一緒になったことがない。それ以前にあんまり喋りたくもない女子との作業は、心地いい疲労感なんてくれはしなかった。

矢野さんは今一度、手を打つ。

「そう、いえば」

なんだろうか、変なことを言いだす気がしていると、案外まともなことを言われた。

「さっき私のこと訊いてきたけどさ、着ぐるみじゃな、いなら、あっちー、くんがなんでそんな姿な、のかの方が凄く気にな、る」

どう答えるべきか分からず、適当なことを言えばいいかと思い口を開きかけると、突然、聞き慣れた大きな音が教室中に鳴り響いた。

僕は音に敏感なのかもしれない。びくりと身を縮こまらせる。

知らなかった、チャイムというのは夜中でも鳴っているものなのか。周囲に家は少ないとはいえ、安眠妨害と言われたりはしないのだろうか。

見ると、矢野さんはまるで驚いたそぶりがない。つまり彼女はこの侵入が初めてではなくて、チャイムが鳴ることを知っていたのだ、と考えたのだけど、そういうことじゃなかった。

「あ、夜休み、終わりの時間、だ」

彼女がポケットから携帯を取り出し操作すると、チャイムが止まった。

「な、なんでチャイムの音」

「今の、は予鈴。チャイム鳴ら、さないと忘れちゃ、うから。夜休みが、あと十分で、終わ、り」

夜休みってなんだ。おかしな行動におかしな言葉を持ち出す、矢野さんに僕が少しいらだちを感じていると、それを黒い化け物の顔から推し量ることが出来ないのか、彼女は僕に手の平を見せてきた。

「じゃあ、この話はまた、明日」

「あ、明日?」

まさか、明日学校で、という意味で言っているんだろうか。それは、なんというか、とても、駄目だ。矢野さんと喋ったり、ましてや間違っても仲良く見えるような行動をとるなんてしちゃいけない。

「その、矢野さん」

「だいじょー、ぶい。お昼にってこと、じゃないの。明日、もうちょっと早くまたここに来、てよ」

「ここに?」

「うん、ここ、に。来れ、る?」

矢野さんは言わなかったけど、それは、来なければ皆に言ってまわるという脅迫に思えたし、実際、その事実を人質にする効果は覿面《てきめん》だった。交換条件とは言っても、破られた時のダメージがはるかに大きいのは僕の方だ。

僕は仕方なく、頷いた。

化け物の姿になっているというのに、こんな小さな女子に命令されるだなんて、一体全体、何がどうしたら急転直下にこんなことになる。

矢野さんの嬉しそうな顔もなんだか歯がゆくなって、僕はそれ以上言葉を交わさずに、窓の方からわずかな隙間を抜けて外へ飛び出した。

宿題を忘れたと気がついたのは、陽がのぼり人間の姿に戻ってからだった。

夜の時間が、台無しだ。


〈水・昼〉


化け物になってから、夜に眠ることがない。

なのに、久しぶりに、夢だったのかもしれないと思った。

化け物の姿になり夜中に学校に行ったら、クラスの女子がそこにいて話しかけられ、密会の約束をするなんて、意味が分からない。数週間、化け物になっていたということも含め夢だったのかも。

そうか滅茶苦茶《めちゃくちゃ》残念だけど、そう考える方がどう考えても普通だ。それにしてもあんな夢、俺の頭もおかしくなったもんだ。化け物に変身するなんて、そしてよりによって夢の中で会うのがあの、矢野だなんて。

もう決めつけたようにそう考えていたのに。自転車で登校をしていた時、やっぱり壊れていた犬小屋を見た俺の気持ちの代弁者なんて、この世界にいない。

「ようっ、あっちー」

下駄箱で背中にわりと重いパンチをくらった。誰だか分かっているけど、驚いた顔をしてふりむいた。

「おはよ。あ、髪型変えた？」

「へへへ、男から気づかれても嬉しくねえけどなっ！」

と言いつつも嬉しそうな笠井《かさい》は歯を見せながらステップでも踏むみたいに上履きを履く。俺よりもだいぶ背の低い笠井のオシャレに俺はすぐに気が付けた。まあ、これくらいなら見とがめられることもないんじゃないかと思った矢先、階段を上ろうとしたところで、後ろから声がかかった。

「笠井っ、そのパーマ引き抜くよ」

怖い脅され方をした友達と一緒に振り向くと、顔をしかめた保健室の先生がいた。名前は、能《の》登《と》。

「坊主とかじゃなくて引き抜くんすかっ？」

どの教師に注意されてもそうであるようにおどけて笠井が言うと、能登は「ペナルティってのは本当に反省させないと意味ないから」と言いおいて、去っていった。学校に侵入したなんて能登に知られたら何を言われるだろう、俺が勝手に嫌な想像をしていると笠井は既に階段を上ろうとしていた。慌てて追いつく。

「あっちー、のんちゃんに見とれてんの？　ババ専か？」

「ちげーよ。あの人ってそんな年だっけ？」

「三十くらいじゃね」

三階まであがると廊下は賑わっていた。今年は受験の年だ、なんて教師達は言うけれど、俺達の中にそんな意識、まだない。

教室の方に向かって、一歩、二歩。視線は、自然と俺達のクラスに向けられている。その箱の入り口ではクラスメイト達がアリの巣のように出たり入ったりを繰り返していた。

そのうちの一人がこちらに歩いてきたので、笠井と一緒に手をあげ軽い挨拶をした。

続いて、もう一人、向こうから歩いて来たクラスメイトを視界の端に捉え、背中に緊張が走った。

教室から出てきた彼女は手に持った雑巾を揺らして、にんまりとした笑顔でこちらに歩いてくる。

矢野さつきは、俺達を見つけるや、その顔のまま、当然のように口を開いた。

「おはよ、うっ」

う、にアクセントの置かれた変な挨拶。俺達は、声の方を見もせずに、すれ違うまで何を言うこともしなかった。ほっと、胸をなでおろす。

廊下にまで聞こえてくる教室内で騒ぐ声、教室に入るや笠井が挨拶をすると、教室中が反応した。その後ろから、笠井の元気にまぎれて挨拶をし、教室に入る。今日は笠井の髪型が変わっていてよかった。彼がいじられている間に俺は席について、だいぶ前からここにいたけど？といい顔で風景に混ざる。

昨日、結局持ち帰ることが出来なかった数学の教科書をロッカーから机に移す。この時間にやってしまえばいいんだけど、宿題を忘れたからと言って熱心に挽回しようとする奴なんてこの教室にはいない。ガリベンだなんていじられたらたまらないから、今日は大人しくやってこなかったと言う他ない。

そうすると俺は朝のこの時間に特にやることもなく、携帯を意味もなくいじったり、登校してくる周りの席の奴らと挨拶を交わし軽い会話をしたりするだけの時間を過ごすことになる。隣の席で八重歯をのぞかせて笑う工藤《くどう》とは一年生の頃からずっと同じクラスで仲が良く、まあ悪い時間じゃない。

しばらくして、矢野が雑巾をプラプラとさせながら帰ってきた。ちゃんと絞り切っていないのか、教室の床にぽたぽたと水滴が落ち、周囲の人間を嫌がらせる。その過度に湿った雑巾で何をする気かと思いきや、彼女は自分の机の前に立つとゆっくり机の表面を拭き始めた。視界の端にうつる光景。一番後ろの俺の席から将棋の角が二マス動いたような位置にある矢野の席。机に何があったのかは知らないけど、何かされたことはまるわかりだった。

丹念に机の上を拭いて満足したのか、諦めたのか、矢野はまた雑巾をプラプラとさせ教室前方へと歩いて行った。そして、前の方で溜まっていた笠井達の横を通り過ぎる時、相手のことなんてまるで考えない口調で「髪型変え、てるっ」とにんまり笑って楽しそうに声をかける。もちろん誰も矢野の方に振り向きもしない。矢野もそれを知っているので、反応がないことにも特に反応せず、教室を出ていく。

矢野が教室を出ていくと、大きな舌打ちがいくつか飛んできた。見慣れた一連の流れ。気にしてたらキリがないのだろうし、そもそもすることもない俺はトイレに行くことにした。廊下に出て、矢野が向かった方向とは逆に向かって歩く。矢野も雑巾はトイレで濡らしているはずで、そっちのトイレの方が明らかに近かったけれど、鉢合わせて声をかけられでもしたら面倒だ。自分のことをばらされたくないんだから、夜のことは言わないだろうけど、それにしても。

トイレで、自分でもよく分からないくらい手を念入りに洗ってから廊下に出ると、ちょうどそこに緑川双葉《みどりかわふたば》がいた。

まるで芸能人か漫画のキャラクターのような名前の彼女は手に本を持ち、背中まで伸びた髪の毛を揺らしながら仏頂面でこちらを一瞥《いちべつ》した。朝から対照的な女子二人と接近し、めまいがする。でもそんなことを感じ取られるわけにはいかないので、俺は誰にでも向ける小さな笑顔を作って、彼女に挨拶をした。

「おはよう」

「うん」

緑川は笑ったのかどうかも分からないくらい微妙に口角をあげて、小さな声で相槌を打った。そして余計《よけい》なことは何一つ言わず、まるで俺と会った記憶なんてなくしたように教室に向けて歩き出した。怒っているわけじゃない。いつもこいつはこうなんだ。

いつもニヤニヤしていて、声が大きく、余計なことばかり言う矢野とは対照的な彼女の背中を俺も追う。彼女の背すじも、矢野の猫背とは違ってすっと伸びていた。

緑川が教室に入ると、入り口の近くにいた数名が明るい声で口々に「おはよう」と言った。彼女はそれらにまとめて「うん」と頷き、一言もおはようと言わないまま自分の席についた。席につくなり、今度は近くの席の女子に「双葉ちゃん、また図書室？」と訊かれていた。その質問に緑川はまた「うん」と答え本を開いた。会話をする気がまるでない。そんな様子なのに、相手の女子は嫌な顔一つせず違うクラスメイトとの会話に移行した。

矢野と同じくらい空気を読まない緑川は、クラスのいじめられっ子とは対照的な扱いを受けている。理由は、色々とある。

俺が隣の席の工藤となんでもない話をしながら時間をやり過ごしていると、視界の端にまた矢野が写る。周りに誰もよってこない席につき、笑顔で足をプラプラとさせている。

やがてチャイムが鳴り、担任の小池《こいけ》がやってきて挨拶をした。ホームルームや授業はほとんど決まった動きを決まった通りにやっていればいいから、楽でいい。

一時間目の国語を適当に聞き流し、二時間目の数学で宿題を忘れたことを申し出ると、教師から「珍しい」と言われた。本当はそうでもなかった。俺は適度に宿題を忘れる。だから取り立てて言うほどのことでもないのに。明日見せるようにと指示を受けて、自分の机に戻った。

三時間目の地理を終えると、次は楽じゃない授業、体育だ。

更衣室に移動する時、女子達が矢野の目の前で元気に押し付け合いからの罰ゲームじゃんけん大会をやっていた。そうか今日は女子の数が偶数なんだな。体育教師は、女子の数が奇数の時、柔軟体操のペアづくりでよく矢野があまることを偶然と思っているんだろうか。大人達は自分達が中学生の時のことを覚えてないんだろうか。

俺達は、大人たちが思うよりもずっと残酷な気持ちをもって生きている。

着替えて体育館に移動し、コートのないドッジボールのようなものをしていると、教師の笛が鳴らされた。整列後、柔軟体操を終えてそのままのペアでバレーボールのトスをしあい、練習試合では運動部の奴らが活躍するのを眺めながらアシストをして、目立たない程度に得点を決めた。

女子達と体育館を二分して授業は行われている。ふと、笠井とのハイタッチざまに女子達に目をやると、運動する時にだけ長い髪をまとめた緑川が井口《いぐち》のトスしたボールを取りこぼした姿の向こう、天井を向いて倒れている矢野が見えた。鼻から白いひらひらが生えているから、鼻血を出したんだろう。見学の女子もいるのに、誰も矢野には近づこうとしない。

「あっちー、誰見てんの？　笠井ちゃんが協力してあげましょうか？」

ニヤニヤとした笠井に何気ない「違うよ」を渡して、俺はコートへと戻った。

俺から遅れて、教師に注意された笠井もコートに戻ってくる。笠井も、誰かを見ていたんだ。

誰か、じゃないけど。なるほど自分がそうだから、俺も誰かを狙って見てるんだと思ってるわけか。

「おつか、れー」

授業が終わって、俺達に他の女子と同じように声をかけた矢野の鼻に詰めてあったティッシュにはやっぱり血がにじんでいた。もちろん誰からも返事なんてもらえない矢野は小さな体を揺らしながら俺の目の前をてくてくと歩いていく。振り返っていきなり昨日の話なんてしないでくれよと祈った。矢野なら、ありえないとは言い切れないと思った。

俺の心配は不毛だったようで、矢野はそんなことはしなかった。

ただ、空気を読めないとか、周りが見えない奴っていうのは、いつも色んな方法で周りに迷惑をかける。

俺が、出来るだけ小さな背中を見ないようにしながら皆と喋っていると、突然、矢野がしゃがみこんだ、らしい。見て、いなかった。だから、俺はギリギリまでそれに気がつかず、驚いて咄《とっ》嗟《さ》に避けようとしたけど、彼女の右足を軽く蹴ってしまった。体を操るのが下手な矢野は、「わっ」と言いながらこけた。思わず振り返ると、尻もちをついた彼女の前に、血のついたティッシュが落ちていた。

矢野はたいそう驚いた様子で俺を見ていた。俺は、何も言わなかった。

何も言わないで、まるで何も起こらなかったように、笠井達との会話に戻った。彼らもそういう俺を受け入れた。

後ろから「びっくりし、たー」という声が聞こえても、振り返らなかった。

特になんということもなくぞろぞろ他の奴らに続いて男子更衣室に入ると、分厚い手に肩を強く叩かれた。野球部の元田《もとだ》だった。嫌な顔をする、ようなことでもない。

「やるじゃん、お前、蹴り入れるって」

笑いながら大声で言うものだから、廊下にも丸聞こえだろう。俺が、眉をひそめてジャージを脱ぎながら「目の前で急にしゃがむのが悪いよ」と答えると、元田は口笛を鳴らした。

着替え終えると唐突に腹が減った。化け物になるようになってから、やたらと空腹を感じる。

次は昼休みだ。給食がないうちの学校ではチャイムがなるや、食堂組がぞろぞろと小走りで食堂に向かう。それに俺もついていき、食券を買ってうどんとカツ丼をゲットした。

先にラーメンを食べていた笠井の斜め向かいに座ると、彼は歯を見せて笑った。

「デブになんよ、あっちー」

けらけら笑う悪気ない笠井に、ちゃんとカツをくわえてから「うるへー」と返す。

その屈託のない笑顔で、笠井はよくもてる。女にも男にも。食堂組のクラスメイト達がテーブルで大きな一団となってから、笠井が唐突に言った。

「そういや、あっちー知ってる？」

「何を？」

「最近、夜に怪獣が出るって話」

つまんでいた肉を思わずうどんの中に落としてしまった。

「え？　怪獣？」

俺の驚きようが下手だったのか、テーブルの皆に笑われる。

「うん、最近見たっつってる奴何人かいてさ、夜中に外見たらでっけーのがいたんだって、夢に決まってんだろって思うけど、皆同じこと言うんだよな、目がいっぱいあってさ、足もいっぱいあって、ぞわぞわしてんだって」

「そんなのがでかいのかよ、怖っ」

まさに、何食わぬ顔ってこういう顔だろうと思う。だしに浸ったカツを口に運び、それはそれで美味しいんだろうけど、笠井に注意を向けすぎて全然味わえなかった。

「どうよ、探しに行く?」

「真夜中じゃん、寝てるって」

「んだよー、あっちー、真面目だなー」

夜中に彼女の家に忍び込もうとして補導されたことのある笠井にとっては、寝てるという理由で誘いを断るのは真面目ってことなんだ。笠井の夜遊び中に鉢合わせないようにしないと、と思ってから気づいた。別に見られても俺とばれることはない。ロッカーをいじってるのを見られたりしなきゃ。

それにしてもそんな噂が広まっているなんて。

「笠井やめろって!　あっちーはお前と違うんだから!」

その発言にどっと笑いが湧く。「そうだよ、あっちーに近づかないでよねー」とあがる女子の賛同の声に、また一つ笑い。あっちー、あっちー、でも皆が笠井を見ている。俺も、笠井に向かって笑っておく。

「るせーるせー、はいっ、ごちそうさま、サッカー行こうぜ」

皆からのいじりを手で払いのけるようにして立ち上がると、笠井はなんとなく頭を掻いていた俺を見て言った。思わず頷くと、笠井はきちんとその他の男一人ひとりに目を配り、サッカーの人数確保に乗り出す。一様に、急いで残りを口に詰め込む男達を見て、女子達が「毎日飽きないわけ？」と笑っていた。

昼休みの残り三十分間を俺達は重い腹を抱えながらのサッカーにつぎ込んだ。正直サッカーはそんなに得意じゃないんだけど、笠井達のアシストに回ればいいので、何も考えなくてよかった。人にはそれぞれ、役割や立ち位置っていうのがあるもんだ。お互いにそれを理解しなくちゃいけない。

それを、あいつは分かってない。

サッカーのプレイについては何も考えず、今日の夜のことを考えながら少し憂鬱《ゆううつ》になっていると、ボールが飛んできていることに気がつかなかった。がたいの良いバスケ部とぶつかって、なんの心構えもしていなかった俺は当然押し負け尻もちをついた。

「どうした！　あっちー！　わっ、肘！　血！」

ゲームは続行していたのに、笠井が一人、俺に駆け寄ってきた。肘を見ると、確かに擦りむいていた。「保健室連れて行こうか？」と、笠井のにぎやかな声が響くと、同時にサッカーボールがゴールに飛び込んでいくところだった。

「子供じゃねえから大丈夫だよ、でも消毒ぐらいしてもらってくる」

笠井は一瞬上を見てから「そうか」と相槌を打った。

「そっか、あっちー、のんちゃんに会うためにわざと怪我しやがったな！　そりゃあ、ついていっちゃあ駄目かー」

ニヤニヤとする顔に「違うよ」と渡すと、笠井は「子供じゃねえってそういう意味かよ」なんて言いながら、ゴールの近くで立ち尽くしている皆の方に駆け寄っていった。

後は、笠井が上手く言っておいてくれるだろう。俺は、グラウンドから校舎に戻りつつほっとした。

宣言した通り、保健室で能登に消毒をしてもらうことにした。ノックをすると、すぐに返事があった。保健室のドアが開いた瞬間の匂いが好きだ。消毒液の匂いのことじゃない、鬼ごっこをしていてセーフゾーンに入ったような、ふわついた匂いがする。

保健室内に他に生徒はおらず、能登は本を読んでいたようだった。机の上に文庫本が置かれている。人間失格。読んだことがないけど、夜になると化け物になる話か何かだろうかと思った。

「すんません、擦りむいたんで消毒してほしいんですけど」

「はいはい、久しぶり、安達《あだち》くん」

能登は、怒っている時以外は生徒に『くん』と『さん』をつける。

「朝会いました」

「ここに来るのが」

俺が丸椅子に座ると、能登は手早く消毒をしてくれた。擦り傷なので絆創膏《ばんそうこう》はなし。礼を言って、俺が出て行こうとすると、「待って」と呼び止められた。

「最近どう？」

「どうって……別に、大丈夫っすけど」

まさか、夜中になると化け物になるようになりました、なんて言えない。もし言ったらすぐにでもカウンセリングの始まりだと思う。

「まだ昼休み十分くらいあるし、休憩していったら？　無理してるんじゃない？」

「……………いえ、友達が待ってるんで」

失礼します、とだけ挨拶をして俺は保健室を出た。心臓がいつもより少し速く動いていた。

能登は、注意する時の口は悪いけど、面倒見のいい保健室の先生だ。それを鬱陶《うっとう》しいと思っている生徒が数多くいることも事実だけれど、俺はそうじゃない。だから能登の提案を無視したのには嫌悪とは違う理由があった。

ひょっとしたら、能登も矢野と同様、なんらかの理由で俺の正体に気がついているのではないかと心配になった。

よく考えたら、そんなわけない。それなのにこんないらない心配をしてしまうのは、やっぱり昨日の夜のせいだ。

俺は、怪我したことも含め、矢野に対して腹がたってきた。

だから自業自得だと思った。放課後、いつも大体一緒に学校を出る笠井が教室で駄弁《だべ》っていたので俺もそれに混じった。他の皆よりも下校のタイミングが少しずれたことで、野球部の元田達が矢野の靴箱に何かして面白がっている様子を見た。

それを、自業自得だと思った。ある程度は。


〈水・夜〉


夜、化け物になって憂鬱《ゆううつ》な気分で学校へと向かった。

昨日と同じ要領で教室に入ると、矢野さんはいなかった。あっちが早く来いと言ったくせに、と多少の苛立ちを感じながら、ひょっとすると隠れているのかもと思い探してみる、も、やっぱりいない。まだ来ていないのか、来る気がないのか。後者ならいいと思って、教室後方にすわりのいいサイズで身を置くと、突然勢いよく前のドアが開いた。

「もう来て、たんだ」

「……来いって言ったんだろ」

文句を言うも、矢野さんはまるで聞いてないみたいに「あ、手を洗って、くる」ともう一度教室を出ていった。なんなんだ、あいつ。

少しして、彼女はごしごしと手をスカートで拭いて戻ってきた。よく考えると、どうして制服を着ているんだろう。昨日は考えもしなかった。

「今ね、お墓を、作っ、てたの」

訊いてもいないのに、矢野さんは不在だった理由を喋り出した。

「お墓?」

「うん、私の下駄箱にまぎ、れこん、だカエルが死んじゃ、ってたから。可哀想に」

矢野さんはまた訊いてもないのに「小っちゃ、い、子だった」と人指し指と親指でわずかな距離をとって見せた。

「カエ、ルは、アマガエルと、ツノガエル、どっち派?」

「……けろっぴ派」

「あーそっ」

興味もなさそうな態度に何やら逆なでられる。矢野さんは律儀に自分の席に座って、足をぷらぷらさせながら、こちらを見た。

「目、が八つ。足、が六つ。尻尾、がたくさん」

いちいち指さしながら体の特徴を言っていかれると、人体模型のような気分になる。どんな気分なのか話したことはないけど。

どうしてこんな姿になったのか、そんなことを訊かれるんだろうと思っていたから、「知らない」という答えをここに来る前に用意してきた。嘘偽りない答えだ。

なのに矢野さんの問いは別の方向から飛んできた。

「そっちが本、当の姿、なの?」

「……え?」

「どうし、て、人間に、化けて、るの？」

そんな可能性は思いもしなかった。ずれているクラスメイトに「夜になると変身するんだ」と正直に答えてから、変身という言葉がヒーローみたいだと、恥ずかしくなった。

「てっきり、そっちの姿で生まれ、たのかと思、った」

「そうなら、わざわざ人間になって学校に来たりしないよ」

「そんな変な姿、で生きてい、くのが大変だから、人間に化けて、るのかと思、った」

変な姿という言葉にカチンときた。それに、リアルに想像してみるも、大変そうには思えなかった。少なくとも、矢野さんの毎日よりは。

「矢野さんこそ、どうして学校に来てるの？」

君にとってここは決して楽しい場所じゃないはずだ、といういじわるな思いも込めた。仕返しのつもりだったのに、彼女はあっけらかんと答える。

「昼休、みがないから、夜休みに遊びたく、て」

意味が分からなかった。夜休み、確か、昨日も言っていた気がする。

「夜休みって何？」

「聞きた、い？」

「……別にそこまで」

「夜休、みっていうの、はね。あ、そうだ、私がどうや、ってここに入って来て、ると思、う？」

「さあ」

「知りた、い？」

面倒くさい奴。そりゃ知っていたけど、二人きりで話してみると、改めて感じる。呆れと抵抗で黙りこくっていると、彼女は訊いてもいない答えを説明しだした。

「警備員さんが見逃、してくれ、るの。夜中の一時、間だけ。それが夜休、み」

「そんな馬鹿な」

本当だったら泥棒やらが入りたい放題だ。

「嘘じゃないよ、う。もちろん生徒だ、けだけど」

何がもちろんだ、生徒だって駄目に決まってる。今、ここにいる僕が言えたことじゃないけど。

「私も、この前知、った。警備員さんは、えー、と、三人い、て名前は、聞い、たけど忘れちゃ、ったけど、いい人達だ、よ」

いい人達ってことは矢野さんは警備員の人達と会って話したことがあって、その上で、警備員の人達は仕事を放棄し、彼女がここにいることを許しているってことだ。そんなわけないし、そんなわけあったとして、どちらの目的も分からないから、やっぱりそんなことあるはずがない。

「信じて、なあーいね」

「……その夜休みがあったとして、学校に来る意味ある？」

「あっちー、くんも昨日来、たじゃん」

「数学の教科書取りに来てたんだよ。宿題出てたから」

「真面目、だね」

多分そんな気は、矢野さんにはなかったんだろうけど、昼間に言われたことを、改めてここで言われて、今はあるのかも分からない胃が痛んだ気がした。

「私は夜休、みを味わ、いに来て、るの」

矢野さんは、何故か全くそんなタイミングでもないのに、にんまりと笑った。

「お昼の学、校じゃ、休、めないから」

どうして笑っていられるんだろうと、思った。そうだね、とも、そうじゃない、とも言えずにいると、矢野さんは笑い顔をひっこめて、変なことを言った。

「あっちー、くんには、ある？　昼休、み」

「……」

うん、とも、いいや、とも言わなかった。今日の昼休みのことを思い出す。かつ丼とうどんを食べて、サッカーをして、怪我をして、能登先生に会った。休、めたかどうか。

「じゃ、あこれでお昼の話は終わ、りね」

そっちからふってきたくせに。

「まだまだ時間、あるよ夜休、み。何し、ようか」

「え、帰ろうと思ってるんだけど」

「あっちー、くんはいつもど、うしてるの、夜の過ご、し方」

「夜の過ごし方」

「エロ、い意味じゃ、ないよ」

真顔でおかしなことを言う馬鹿に大きく溜息をついてやる。ただ、矢野さんがそういう普通の中学生みたいなことを言うのが意外ではあった。

「夜は、海に行ってみたり山に行ってみたり」

「どこでも行け、るんだね。いい、な」

「前は出歩いてる人を驚かしたりもしてたんだけど、すぐ飽きた」

「幽霊、は大変だね」

「あとは、ああ、この前テーマパークに行ってみたら、働いてる人がいっぱいいてびっくりした」

「へえ！　あっちー、くん、新し、いアトラク、ションと間違、えられちゃ、うんじゃない？」

矢野さんは大げさに相槌を打ちながら話を聞いていた。こんなにも食いつかれるとは思わず少し面食らう。

「矢野さんこそ、学校で何してるの？」

「携帯で、ユーチュー、ブ見、たり漫画読ん、だり校則違反だけど」

今更校則もないだろう。多分それ以上の色んなものに違反している。

「家ですれば？」

「そうじゃな、いの」

真っすぐな瞳を向けられて、思わず八つの目をそらしてしまう。分からないけど、矢野さんがそうじゃないと言うんならそうじゃないんだろう。納得したわけじゃなく、彼女なりの価値観なんだ。人にはそれぞれ独自の価値観があるけど、彼女には余計《よけい》にあるんだと思う。それが彼女の現状を生み出した。だから、理解しようとしたって無駄なんだろう。

「でもそう、だねあっちー、くんの言、うことも一理、ある」

だから、彼女が僕の言葉を受け入れてくれたことは意外で、ありがたかった。どうやらこれで僕の静かな夜がまた訪れそうだ。

「探検してみ、ようか。学校」

「……そうじゃない」

「家ですれば、いいことじゃないことし、ようって言、ったじゃん」

「言ってない。帰ろうって言った」

「帰、るよ。あと三十分も、すれば」

彼女は携帯を取り出して時計を見た。なんとなく、彼女が携帯を持つ姿は意外に思えた。その携帯で、誰かと連絡を取り合うことがあるんだろうか。

「じゃあ行こ、う」

僕の賛同も聞かず、彼女は立ち上がり教室前方のドアから出て行こうとした。

僕は、考えて、気は果てしなく乗らなかったけど、仕方なく体を大型犬のサイズにして一応ついていくことにした。矢野さんが警備の人に捕まったら、僕のことをばらすんじゃないかとか心配した。

ほんの少しだけ、夜の校舎内に興味があった、ということもなくはないかもしれない。

矢野さんを先に教室の外に出し、尻尾でドアと鍵を閉め、粒となって廊下に出る。化け物の姿に戻ると、彼女が小さく拍手をしていた。「別に閉め、なくてもいいの、に」とも言った。考えてみると、夜休みが嘘として、彼女はどうやってここの鍵を開けたんだ。

「その大き、さだとペットみた、いだね」

「……警戒した方がいいよ」

僕が声を潜めると、矢野さんは自分の口を塞ぎ「かいと、うごっこ、だ」と言った。彼女の言葉が怪盗と頭の中で変換されるまで少し時間がかかった。

「目が伸び、たりし、ないの？」

数歩、廊下を歩いてから、矢野さんが藪《やぶ》から棒に僕を指さして言った。正しくは、僕の八つある目を指さしてるみたいだった。

「しないと思うけど」

「ぎゅう、んって伸ば、して曲がり角の向こ、うとか見え、たら便利じゃな、い？」

出来たら確かに偵察には便利だけれど、使いどころが限定的すぎる。それに、あまりイメージが湧かなかった。

出来るかどうかはともかく、例えばこういうのならかっこいいなと思った。

窓から差し込んでいる月明かりに照らされて出来る影、そこに体の黒い粒が少しずつ移動してもう一体の化け物、シャドーを作る。そいつはまるでゲームのお助けキャラのように、僕の意思の通りに動かすことが出来て、学校内の偵察もお手の物。そんな能力があったら、かっこいい。

「あっちー、くん」

呼ばれたので、隣を歩く矢野さんを見た。しかし彼女は僕を見ていなかった。僕の、わずかながら後方を見ている。

「そんなこ、と出来、るんだ？」

矢野さんの言葉に合わせて振り返り、ぎょっとした。

「分身、の術？」

僕は、首をふる。分からなかったからだ。それが、何か。

僕の後ろには、さっき僕が想像をしたような、真っ黒なもう一体の化け物がぴたりとくっついていた。僕との違いは、目の部分まで黒いこと。ほんの少し前まで、そこには何もいなかったはずだ。窓の外を見ると、月明かりはやや前方から差し込んでいる。

物珍しそうにじっとシャドーを見つめる矢野さんをひとまず無視し、僕は、動け、と念じてみた。僕を飛び越えて前方に駆け出すようなイメージ。半信半疑でも、試してみて損はない。

数瞬遅れたが、シャドーはおよそ僕のイメージ通りに動いてくれた。イメージする感覚がぶれないように注意して、そのまま廊下の向こう、曲がり角の方まで行ってもらう。

僕の命令をきちんと聞く影を見て、改めて自分に驚いた。まさか本当に、こんな能力があったなんて。

ふと、動かせるだけじゃ偵察にはならないのではと思うと同時、頭の中に、もう一つの視界が浮かんだ。廊下の向こうの階段が見えている、シャドーの視界らしい。

なんて、便利な体だ。

「いっちゃ、った」

「あいつに見張らせて、進もう」

「本格、的だ」

怪盗ごっこが、ということだろう。

「矢野さんは、どこに行くつもりなの？」

「音楽室か、な。夜中に鳴、り出すピアノ、の真相を確かめ、よう」

「そんな七不思議みたいなのうちにあったっけ？」

「さあ、あり、がちだから」

「適当かよっ」

強めにつっこむと、矢野さんはまた、にんまりあの笑顔を見せた。何が面白いのか。

シャドーに偵察させると、現在地から上階の音楽室までの道のりには誰もいないようだった。念の為、廊下で左右確認をさせてみるが誰もいない。僕は、猫背な矢野さんの背中を見たくなかったのでやや前方を歩いた。後ろに並ぶと、本当にペットのようだと思ったからだ。

階段を上って、五階の突き当たりにある音楽室に辿り着く。

教室でやったのとは逆に僕が先に入り、鍵を開けた。ただでさえ防音壁に囲まれている音楽室の中は、キンと空気が張り詰めていて、グランドピアノが化け物のように不気味だった。人の一人くらい、食べてしまいそうだ。

「ピアノ鳴、ってないね」

そりゃそうだ。幽霊側だって、こんな堂々とやってくる奴を驚かす為に現世に残っているわけじゃないと思う。

シャドーは音楽室の外で見張りだ。人が来てもきっと驚いて逃げてくれるだろう。

寄る辺なくたたずんでいると、突然ポロンッという音が聞こえてどきりとした。黒い粒達が一度波打つ。振り返ると、矢野さんがグランドピアノの蓋を開け、演奏者ですよというように座っていた。背の低い彼女が座ると、まるで小学生の発表会のようだった。

「あっちー、くんはモー、ツァルト派？　ヴィヴ、ァルディ派？」

「……ベートーベン派。ピアノの音は流石《さすが》にまずいって」

「ベー卜ーベ、ンね」

僕の注意も聞かず、矢野さんは小さな両手を鍵盤に叩きつけた。立て続けに、四回。不快な和音が音楽室内に響き渡る。僕は、咄嗟《とっさ》に身を翻し、掃除道具箱の中にすべりこんだ。そしてすぐ、僕が見つかっても驚かれるだけで、見つかって都合が悪いのは矢野さんの方だと気づき、外に出た。

シャドーに音楽室の周囲を観察させる。どうやら、音楽室の防音はなかなかに本物なようで、しばらくたっても誰かが来る様子はなかった。

矢野さんは特に慌てる様子もなく、こっちを見ていた。

「運命、ってこんな感、じ？」

「今のが、運命？」

僕は呆けてから、すぐに彼女をキッとにらみつけた。

「見つかったらどうすんだよっ」

彼女はにんまりと笑って「夜休、みだから大丈夫、だよ」と寝ぼけたことを言った。

なにがだっと思ったけど、なんだか、彼女みたいな何を言っても通じない奴に怒っている自分の方が馬鹿みたいで、溜息をついた。

「捕まっても、僕の名前は出さないで」

「きっ、とね」

なんだきっとって、不信感を八つの目にこめにこめて矢野さんを見ると、彼女は生徒用の席に移動した。昼と変わらず、なんてマイペースな奴だ。

ここでの席も授業中は教室の席順と同じように座るよう決められている。矢野さんはそれに倣った。

「あっちー、くんは、音楽は何を聴、くの」

もう矢野さんが触らないように尻尾でピアノの蓋を閉めていると、彼女はまるで友達みたいな質問をしてきた。

「別に、普通だけど」

「誰？」

じっと見られたので、僕はいつもと同じ答えを用意した。皆が名前くらいは聞いたことがあって、でも有名過ぎず、流行っているけれど全員が聴いているわけではないアーティストの名前をあげた。CDを出せばいつもツタヤでランキングに入っているようなシンガーソングライターとか、クラスで数人の女子達がライブのチケットを取れないと騒いでいたバンドとか。それを、矢野さんはふむふむと聴いていた。

「矢野さんは？」

社交辞令で訊いてから、彼女は癖のありそうな音楽を聴いていそうだなと思った。僕らには到底理解できないような。

でも、違った。

「私、はね」

矢野さんは嬉しそうに、たった一つのグループの名前を打ち明けた。まるで、昔からの秘密の友達を紹介するような、にんまりとは違う、高揚感で頬を染めるような笑い方をした。彼女のそんな顔は、初めて見た。

僕は驚いた。矢野さんのあげたグループは、決して秘密を打ち明けるように言うたぐいの人達じゃなかった。きっと日本中のほとんどの人が知っていて、実際、僕だって小学生の頃から知っていた。仲間内でそのグループのことを真剣に話すには恥ずかしくなってしまうような、まだそんなのを聴いてるんだと笑われてしまうような。率直に言うと、ポピュラーすぎて、ベタすぎるグループの名前だった。

その人達のことを、矢野さんは自分だけの素敵な宝物のように、大好きだと言った。

驚いた。

「そうなんだ」

適当に相槌を打つと、「あっちー、くんも好、き？」と訊かれた。

「たまに聴くと、確かにいい、よね」

なんだか、言えなかった。本当は僕も、いまだによくそのグループの曲を聴いているのに。

矢野さんは、僕にそのグループの魅力をひたすらに話してくれた。この曲のこの歌詞が、この部分が、メンバーのこの人が。僕は、それらのことを全部知っていた。

矢野さんのポケットから、チャイムが鳴ったのは彼女がどのアルバムが一番いいのかを語っていた時だった。この時間の終わりに僕は、昨日とは違う理由でほっとした。

携帯を操作し、チャイムを止めてから、矢野さんは立ち上がると、伸びをした。

「終わっ、ちゃった。帰、って寝よ、う」

何も言わずに僕は尻尾でドアを開け、矢野さんに先に音楽室を出るように促した。教室と同様のやり方で鍵を閉める。

「先に行っ、ていい、よ」

廊下で黒い粒の波から元の姿に戻ると、そう言われた。矢野さんがどうやって帰るのか知らなかったけど、知る必要もない。僕は、彼女の言葉通り、外に出ることにした。

別れの挨拶をするべきかどうか、取引で来たのだから、友好的にするのもおかしい、かと言って無視するのもなんだか。そんな風に思っていると、彼女がにんまり笑った。

「また、明日も来てくれ、る？」

「……」

来る気はなかった。なのに、はっきりとそう言えなかったのは、矢野さんが、僕に判断をゆだねたからだ。

僕は、問いには答えず、夜の空へ飛び出していくことにした。

ただ、もう会話することもないかもしれない彼女に、これだけは伝えておこうと思ったので、背を向けたままに、平常な声を心掛けた。

「体育の後、蹴ったのごめん」

「お昼のこと、を夜に謝、らないで、よ」

なんだ、せっかく謝ったのに。

やっぱり夜は一人で過ごすものだ。


〈木・昼〉

いじめには、理由があるんだと思う。きちんと理由があって、いじめが始まる。行動とか人柄とかそんな些細なものだって、ちゃんとした理由だ。もちろん、いつも、いじめられる側が理由になるわけじゃない。加害者側や、関係のない人間が理由になることだってあるだろう。理由は必ずある。とは言え、理由には良い理由も悪い理由もあって。理由となる人間が悪いとも限らない。

それで言うと、うちのクラスで始まったものに関しては、完全にいじめられている方に理由があって、そして、彼女が悪い。

矢野さつきは、自分でその状況に飛び込んだ。

俺が矢野を知ったのは二年生になってからだ。とろくて、空気が読めなくて、声が無駄に大きくて、喋り方が独特な矢野は、男子達や一部の女子から陰で鬱陶《うっとう》しがられてはいたけれど、それはいじめに直結するような理由にはならず、それなりの日々を過ごしていた。つまり、うちのクラスのメンバーはそれなりには良識を持った人間ばかりということだ。

その良識が、二年生の中頃、矢野が起こした一つの行動を境として大きな正しさに食われてしまった。

矢野はその時には既に皆に不躾《ぶしつけ》に絡んでは軽くあしらわれるというのを毎日繰り返していた。それが矢野とクラスメイトとの基本的な距離だった。でも、彼女にとって一人だけ例外がいた。

矢野はその日、何故だか、本当にその理由は分からないんだけど、何故だかその日に、クラスメイトの中で唯一、普段は近づきもしない緑川双葉の机に歩み寄った。俺は二人の関係をよく知らなかった。ただ、よくはないのだろうとは思っていた。緑川が、話しかけられなければ能動的に喋らないのはいつものこととして、矢野が話しかけないのには、明らかな苦手意識か何かがあるのだと思っていた。

きっとそれは違っていて、矢野が緑川に向けていたのはもっと強い嫌悪だったんだろう。ひょっとすると、皆によく話しかける自分より、何も話さないくせに皆からずっと好かれていることへの嫌悪だったのかもしれない。

ともかく、矢野は突然、窓側の緑川の机に近づくと、彼女が読んでいた本を取り上げて、窓を開け、中庭に投げ捨てた。雨の日だった。席順まで、よく覚えている。緑川の後ろの席の井口なんかはしばらく固まってしまっていた。

矢野にとって相手にした子が悪かったというのもある。緑川という普段は感情をあまり表に出さない、ひっそりとしたクラスの一員。彼女が、その場で泣き出してしまったのだ。矢野を責めるでもなく、ただただ泣いていた。後に投げ捨てられ、雨に濡れたその本は緑川が大切にしていた本だと分かった。

でも、緑川にとっての本の価値なんて、後になってから分かったことだ。クラス中が矢野を悪者だと理解し、責めることを厭《いと》わなくなった理由は、そんなことじゃない。

笑っていたからだ。謝りもせず、緑川が泣いている時、にんまりと。

この日から、緑川が家の本を持ってこなくなり、図書室に通うようになったというようなことも皆の感情に拍車をかけた。

俺は、いじめられっこを見るといつも思うことがある。下手なんだ。振る舞いが。矢野に関しては、その最たるものと言っていい。

もっと上手くやれば、いじめられることなんてないのに。そんなことを思いながら、今日も俺は視界の端で、机を拭く矢野を見る。何をされているのか二日目にして知った。どうやら、削ったチョークの粉をばらまかれているらしい。

「昨日は怪獣現れなかったたって」

笠井が面白そうに喋るのに、廊下を歩きながら注意深く相槌を打った。内心、そりゃそうだ、と思う。昨日は真っすぐ学校に向かって、その後は一人で海にいた。

怪獣の話に興味を持ったふりをして、俺は理科室に向かう廊下の途中、笠井から必要な情報を聞き出す。

「誰か写メとか撮ってねえの」

「撮ったんだって」

ひくついた心臓を隠して、「へぇ、すげえじゃん」と相槌を打った。

「でも写ってなかったらしい。だから俺まだ信じてねえの」

出来ればそのまま興味を失ってくれるように願った。にしてもそうか、あの化け物の姿はカメラには写らないんだ。平成狸合戦ぽんぽこに出てくる妖怪大作戦を思い出した。なんにしろ、俺にとっては好都合だ。記録に残らないなら、更にどこにでも行ける。

理科室に着くと、既に人の好さそうな理科教師が黒板に板書をしていた。俺は先に入った笠井に倣って、特に挨拶もせず自分の席につく。理科室では教室での席順は適用されない。均等に置かれた長方形の机に、それぞれ出席番号順で六人が座る。俺はア行、一番入り口側の席で、一つ後方にある騒がしい笠井達の席の盾となっている。

俺は理科室での授業が嫌いじゃない。同じ席の五人は、特に目立って問題を起こすようなタイプじゃないし、比較的好きなメンバーが多い。押し付けられた班長さえこなしていれば、楽に授業が終わる。

ただちょっとだけ、自分のことだけじゃなくこのクラス内のことも少しだけ考えると、出席番号順という席の決め方は改めた方がいいんじゃないかと思っている。

笠井から大声で話しかけられ、応じていると、彼が突然、視線を俺から外し、入り口の方へと向けた。ゆっくり振り返って、納得し、また笠井との会話に戻る。

入り口からゆっくりとした足取りで入ってきたのは、緑川だ。今日も授業に必要なもの以外に、図書室の本を一冊持っている。向かった先は、窓側、一番後ろから二番目の班。そこには既に元田がいて、机に突っ伏して寝ていた。緑川は元田の対角線上に座り、教科書とノート、それから本を開く。その背すじは、今日もすらりと伸びている。

しばらくして、チャイムが鳴る。理科教師が板書を中断し、振り向きざまに笑顔で「始めよう」と言うのと同時に、学級委員が「起立っ」と号令をかけた。

そこで皆が立ち上がった瞬間を狙ったんだろうかというようなタイミング、理科室の前のドアがガタンッと、それからガタガタと小刻みに揺れた。予想していたことで、音に身構えていたので俺は驚かない。チャイム前、最後に入って来た誰かが必要もないのに鍵をかけたのだ。

先生がやれやれという顔をして入り口の最も近くに座っていた女子に鍵を開けるよう指示する。彼女はうんざりと言った顔をすると、しぶしぶ鍵を開けた。

開いた扉の先、矢野が目をしぱしぱとさせて立っていて、彼女は何も言わずに駆け足で自分の席へと向かった。彼女の髪に一部、チョークっぽい色がついているのが見えた。気づいてはいなさそうだ。

理科室中、教師以外の皆の心に冷たいものが満ちるのを感じられるようだった。とたとたという音が響き、矢野が所定の位置に立つまで、皆が前を向いて静かに待っていた。

やがて再度の「始めよう」の号令と共に教室に響いた挨拶で、冷えた空気が中和された気がした。俺は矢野の方を見はしないけど、あいつはどうせまたいつものように笑っているんだろう。緑川と同じ、後ろの机について。

矢野は加害者だから、それなりの気まずさはあってもそれは仕方がない。自業自得だ。

一方で、緑川はどうだろう。彼女は感情を表に出さない。だから言わないだけで、本当はこの席順を嫌がっているんじゃないか、それをクラス中が心配し、矢野に対する敵意が増幅される。

矢野が遅れてきた理由は、二十分休みの間にどこかで寝ていたからだ。休み時間になると彼女はどこか比較的静かな場所で寝ている。俺だけが彼女の寝不足の理由を知っているけど、知っていたとして擁護の言葉は持たない。これこそ自業自得だ。

まあもういい、矢野のことは。そう思ったのもつかの間、俺が班長としてプリントを人数分教壇から取り、同じように全ての班長がプリントを回収しに来た後で、矢野がたたたたっと教室前方に走って来た。プリントを貰えなかったのかと思いきや、教科書を忘れてきたという。取りに行っていいか？　という問いに、教師は呆れた様子で、ずれたことを告げた。

「時間がもったいないから今日は隣に見せてもらいなさい」

　矢野は、何も言わずににんまり笑って教室後方に戻っていく。彼女の着席を待たずして、授業は始まった。俺は黒板の方を見る。後ろを振り返りはしない。振り返らなくても、どういうことになるのかなんて目に見えている。見なくて、いい。

　理科室での授業が教室での授業よりいいのは、矢野の姿が授業中視界に入ってこないことだろうなと思った。後ろの方から聞こえてきてしまう音は防げないけれど、しょうがない。

　その音、すらも気になってしまってちらちらと後ろを見る隣の席の女子に、俺は一言だけ「やめとけって」と注意を促す。俺の声に、井口は初めて自分も見られていたことを知ったのだろう、慌てて机の上のプリントに目を落とした。俺は、井口がこれ以上自分から傷つくのをやめたことに安心する。

　うちのクラスでの、矢野の立ち位置は、彼女自身と、うちのクラスメンバーが作り上げたものではあるけど、当然、中には自ら積極的に矢野への悪意を表さない奴だっている。

　その筆頭が、井口だ。矢野と並べばまるで小学生の友人同士のような井口は、矢野以外の誰にだって笑顔を振りまく優しい子だ。

　井口は隠しているつもりでいるみたいで、それは極めて正しい判断だけど、俺は知ってる。彼女は、矢野がいじめられている姿をいつも気にして、やられすぎてるんじゃないかとはらはらしてる。

　なのに、彼女は矢野ではなくクラス全体の側についている。立つ場所をどっちかに決めつけられれば、井口も少しは楽になるかもしれないのに、と矢野を無視する時、緊張した顔をしているこの子を見ていつも思う。同時に、大きなお世話だと、自分に対して思う。

理科の授業は特に事件もなく普通に進んだ。俺の見えないところで何が起こっていたかなんてのは、知る必要がない。俺は班のメンバーとしっかり遺伝について学んだ。

そもそも学校生活で事件なんてそうそう起こるわけない。器物破損とか、傷害とか、そういうのは極端だとしても、うちのクラスで起こることなんて矢野の持ち物が汚れたり濡れたりする程度だ。あいつはよく傷を負っているけど、それはこっちの予期しないあいつのどんくささによるものだったり、あくまで事故だ。目に見えた暴力は働かない。それくらいの狡猾さ、皆が持っている。

だから、理科の授業の後に起こったことだって、事件でも何でもないんだ。本当に事件でも何でもない、ただ、下手だっただけ。

教室までの帰り道、廊下の数メートル先を、矢野が歩いていた。

俺と彼女の間には何人かが同じように歩いている。この距離感は偶然じゃない。今もし矢野が突然しゃがんでも俺が蹴ることはないようにと、少しだけ歩みを緩めていた。目論見はある程度成功し、その距離感に安心していた。

だから油断した。

俺が男どもと昨日のバラエティ番組の話をしていた時だ。矢野がお手玉していた何かをぽろっと後ろに落とした。青と黒と白の三色をしたそれはきっと消しゴム。

俺は、きちんとそれを視界の中心で捉え、わずかにではあるけど、「あ」っと言ってしまった。それがよくなかった。俺の声が、周りの皆の視線をそちらに呼んでしまった。

矢野は、今日はしゃがまなかった。しゃがむ必要がなかったからだ。

きっと、つい、だったのだと思う。

井口だった。

クラスの女子達が数人で固まって歩く中、矢野の真後ろにいた井口が、つい反射的にという様子で、さっと消しゴムを拾ってしまったのだ。

いけない、と思っても伝わりはしない。

井口自身も、拾ってしまってから気がつき、自分で驚いたのだろう。振り返った矢野と、向き合い、数秒、停止した。

無視っていうのは、癖や習慣みたいなものだ。最初は意識的にしていても、慣れればそいつがいないかのようにふるまうことが自然になり、体が勝手に無視をしてくれるようになる。

井口には矢野を無視する癖がついていないんだ。

代わりに、井口にはきっと、常日頃から誰かが物を落とした時に拾うという癖がついている。躊躇《ちゅうちょ》することなく、落とし物を拾ってあげる程度の優しさは常に心に置かれている。

だから、間違って、目の前に落ちてきた消しゴムをつい拾ってしまったんだ。

井口は、矢野と見つめ合って停止したままだった。俺達も思わず歩みを止める。

矢野は馬鹿みたいに右手の平を井口に差し出すと、「ありがと、うっ」なんて、溌剌《はつらつ》とした声で言った。

そして井口の手から勝手に消しゴムを奪い取り、くるりと身を翻してステップを踏んだ。

井口が、どんな顔をしていたか分からない。

ただ、次の瞬間、彼女が発したか細い「違うの」という言葉が誰に向けられたものかはすぐに分かった。

井口と、それから矢野の背中の向こう、クラスの女子達が二人を見ていた。まるで、もう一匹、ゴキブリを見つけたというような目で。

廊下に、一瞬の静けさが降りた。井口が何か弁解をする為にその一瞬は生まれたのかもしれない。しかし、彼女は何も言わなかった。言えなかったのだろう。

そのうち、魔法は解けて、時が動き出した。前方の女子達は何かを話しながら教室に向けて歩き出し、俺達もそれに続いた。矢野は性懲りもなくお手玉をしながらマイペースに歩き、井口は、その場で立ちどまって、皆から置き去りにされていた。

大丈夫、だろうか。

俺のその、井口に対する心配は、残念ながら杞憂《きゆう》ではなかった。

その日の放課後だ。いつものように誰と会話をすることもなく「さよな、らー」という声を連れて矢野が教室を出て行った後。

井口が、クラスの女子達に詰め寄られていた。

教室の端っこで行われていたので。何を言っているのかは聞こえなかった。ただ、井口が泣きそうになりながらずっと何かを否定していた。

下手なんだよ。帰る準備をしながら、そう思った。

井口も、下手、なんだ。

女子達の間に割って入るなんて、賢くないことをしない俺は、笠井達と一緒に教室を出ることにした。

廊下に出て、教室を一つ通り過ぎてから、笠井が首を傾げた。

「いぐっちゃん、なんかしたわけ?」

そうか、あの時笠井はいなかった。

「矢野の落とし物拾ったのがたまたま井口だったんだよ」

出来るだけ、井口に全く非がないというニュアンスで伝えると、笠井以外の奴らが「よく触れるよな」と笑って言った。

笠井は、口をへの字に曲げていた。

「へー、んなことあったんだ」

井口の行動にではなく、矢野の名前に不機嫌を表したのだろう笠井だったが、靴箱に着くと一転、「そういえば」と何か面白いことを思い出したという風に切り出した。

「野球部の部室、ちょっと見に行く?」

「野球部?　なんで?」

率直な俺の質問に、笠井は「あれ、俺あっちーから聞いたんじゃなかったっけ」と一人で勝手に笑いだした。

「なんか勘違いしてた、野球部さ、部室の窓割られたんだって。昨日の晩に」

「晩に？」

「おう、まあいたずらで石でも投げ込んだ奴がいたんだろうな」

夜、いたずら、野球部の窓。

え、まさか。

「ん、どうした、その顔、さてはあっちーが犯人かぁ？」

にやつく笠井にぎくりとして、すぐ顔を意識的に少し不機嫌な様子にする。

「するか、んなこと。馬鹿がいるもんだと思って」

そう、嫌な予感を全身で味わっていただけだ。

その馬鹿な犯人を、俺は知ってるんじゃないかと思って。

昨日の夜、俺が教室に行った時、あいつはいなかった。

あの時、本当にかわいそうなカエルを埋葬しただけだったんだろうか。まさか、弔い合戦なんて、やってないだろうな。

ひやひやとしながら、本当はひやひやする必要も別にないんだけれど、俺達は上履きを運動靴に履き替えて野球部の部室に行ってみることにした。

色んな運動部が部活で使う広いグラウンドの端に位置する野球部の部室は、サッカー部やラグビー部の部室と併設されていて、遠目から見ると一つの大きなブロックの様に見える。近づいていくと、窓枠にはいつもなら無い段ボールが張り付けられていた。ちょうどその時出てきた、よそのクラスの野球部の奴が笠井の友達だったようで、声をかけると、朝のうちに顧問が張り付けたとのことだった。

何を期待したわけでもなかったけど、拍子抜けした俺らはもう帰ることにした。途中すれ違うクラスメイト達に挨拶をして、「おつかれー」「じゃねー」「うん」などの返事を貰っていると、昇降口を横切った時に、目線を下げて出てくる小さな女子に目が留まった。

意気消沈。そんな言葉がぴったりな彼女にどう声をかけたものか、近くにいた女子達の目を気にして考えている間に、笠井が手を振った。

「いぐっちゃん、おつかれー」

笠井の溌剌《はつらつ》とした声に顔を上げた井口は力なく笑い、「おつかれー」とどう見ても自分の方が疲れているだろうに言った。

小さく弱い井口の苦笑いは悲痛に見える。

それでも流石《さすが》は笠井だ。

彼が「またー」と何も知らない風を装い手を振ると、井口はさっきよりも少しだけおかしそうに笑顔を深めてくれた。

井口と別れてから、笠井を気遣った。

「さっきの、めんどくなんないといいな」

すると笠井は「別にいぐっちゃん、あいつの味方したわけじゃねえだろ」と笑っていた。

俺も笠井のように出来たらなと、思った、だけで、結局何もしなかった。

〈木・夜〉


勝手だとは分かってるけど、僕は矢野さんにいらだっていた。あの時、彼女が妙なお手玉をしていなければ、井口さんが責められることはなかったはずだから。

とはいえ、僕が学校に向かったのは、別に矢野さんを責めたかったから、だけじゃない。もう一つ気になった、野球部のこと。もし万が一、彼女が窓割りの犯人ならそっちの方が重大。普通に犯罪だ。

学校に着き、後ろの扉の隙間から教室に入ると、矢野さんは黒板横に置いてあるゴミ箱を漁っていた。女子がゴミを漁っている場合にどう声をかけたものか分からなかった僕は、彼女がこちらに気付くのを待った。

ややあって、薄いものを両手に持った矢野さんは教室後方の化け物に気がつくと、「おへ」と間抜けな声を出した。

「よお」

「……なんだ、来た、んだ」

僕の挨拶に、矢野さんは手に持ったノートらしきものを適当にひらひらさせた。

せめて、いつもみたいににんまり笑ってくれれば来たかいもあろうってものだったけれど、来なくてもよかったのにと聞こえてきそうなその態度に僕はげんなりした。いや、笑顔を期待していたわけでもないんだけど。

「あっちー、くん、ファイヤ派？　メ、ラ派？」

もういい、とっとと帰ろう、そう考えて身を翻そうとすると、彼女がまたおかしな質問をしてきた。ファイヤ、メラ。ゲーム？

「炎系魔法ってこと？　……インセンディオ派」

「何そ、れ？」

「ハリー・ポッター」

「へー、じゃあ、それ、出来、る？」

「は？」

「火、吐け、る？」

「吐けない」

僕の否定に矢野さんは心外そうな顔をした。なんだその顔。

こっちこそ心外だ。そう思ったけれど、よくよく矢野さんの表情の意味を考えてみると、思い出すことがあった。笠井が言ってた噂だ。怪獣が出るという話。矢野さんもあの話を聞いて、僕のことだと分かり、怪獣なら火を吐けるだろうと思ったのかもしれない。

「火なんてなんに使うんだよ」

「これ燃や、すの。とりあ、えず屋上行こ、う」

矢野さんは相変わらず僕の返事を待たずに教室を出て行った。仕方なく、僕も同じように鍵を閉めてから外に出た。いちいち律儀なもんだと、自分に感心する。

廊下に出ると、先に出た勝手なクラスメイトは僕を待たず既に階段の方へと歩き出していた。一応ついていく自分に、律儀なんかじゃなく、ただのお人よしかもしれないと、呆れた。

念の為、シャドーを用意したものの、特に何事もなく僕らは屋上へと着いた。

屋上の鍵を普通に開けて外に出ると、爽やかな風が全身を叩いた。一昨日も来たけれど、深夜の屋上というのは空が僕らを飲み込んでくれるような感覚があって、なかなか気持ちがいい。

「煙草はよ、くないよ、ねぇ」

端に転がった煙草を指さしながら、矢野さんが言った。

「まぁ、ばれなきゃ」

「でも体によ、くない、でしょ」

確かにその通りなんだけれど、まるで良識ある大人みたいなことを言う矢野さんが意外だった。きっと、吸っているのは君のことを率先していじめてるような奴らだなんて、言う必要のないことは黙っておいた。

「それじゃ、あ火を出、して」

「いや、だから、吐けないって」

「試し、た?」

そう訊かれると、試したどころか、考えたことすらもなかったけど。

「一回や、ってみ、てよ。あ、私も試し、たことないからや、ってみよ。やー」

二冊のノートを地面に置いて、そこに両手をかざし力を込めている様子の矢野さん。腕を震わせ「やー、やー」と繰り返し、途中からは何故か息を止めていたようだった。馬鹿みたいだと思いながらしばらく見ていると、やがて己の無力を知ったようで「無、理っ」と唸ってその場に座り込んだ。本気で出そうとしてたのか肩で息をしている。

「よし次、あっちー、くんの番」

「えー」

期待の眼差しから目をそらし、置かれたノートを見た。二冊それぞれに、油性マジックで落書きがしてある。

よく見ると、書いてあるのは、馬鹿だのアホだのというそんな可愛らしい悪口じゃなかった。矢野さんだけじゃなく、本当にその言葉に当てはまる人達が見たら深く傷つくような、そんな悪意が、吐き散らされている。

「出たとして、これ、燃やしていいの?」

「いい、よ。二冊と、ももう最後まで使、い切っちゃって、て置きっぱなしだ、ったの」

だったとしてもいずれ使うんじゃないのか。

「一回捨て、たんだけど、やっぱり燃や、そうと思、って」

そうか、ごみ箱にあったのはやられたんじゃなくて自分でか。

落書きはいつやられたんだろう。まさか、既に終わってるノートを選んだのがせめてもの優しさだなんてことはないだろうな。

余計《よけい》なことを考えていると、「早、く」と催促が入った。矢野さんは僕の力を信じているらしく、ノートから距離をとりはじめる。不本意ながら、こんな風にされたノートが可哀想だと思い、火葬出来るものならと、一応、トライしてみることにした。

シャドーが出せるなら、火も出せるのかもしれないと、期待していなかったと言えば嘘になる。

昨日と同じように、想像してみた。

火を吐く時には、全身を震わせるように力を籠めなければならない。そうして化け物の内部で、黒い粒達がエンジンの様に動き回り、発熱。やがて、粒達が発火し、それらが集まって大きな炎となって、口から吐き出される。

突然、目の前が、強い光に覆われた。

「ぎゃーっ！　熱、い！」

口から飛び出した炎は、僕の想像通りに大きく、危うく矢野さんの制服にまで届くところだった。慌てて、勢いに任せ炎を飲み込むイメージで吸う。すると、火の手はギリギリで矢野さんに危害を与えることなく、僕の体内に戻っていった。

屋上に再び月明かりに対抗した闇が戻り、その中心で、ノートが二冊、真っ黒になっていた。

僕らは、顔を見合わせる。

「うわー、うっわーすっ、げー」

屋上の端っこから、こちらをまじまじと見つめてくる矢野さんを、僕も思わず八つの目で見つめていた。

「マジかよ……」

まさか、こんなことまで出来るなんて、期待は少しだけしたけど、信じちゃいなかった。

怪獣だ。

火が吐けるってことは、下手をすれば、本物の怪獣のように、街を滅ぼすことだって出来る。

体の中に、炎が滞留しているような感覚があった。心も、高ぶっていた。

「凄、い、あっちー、くん、どうや、ったの？」

どう、やったんだろう。

「なんか、こんな感じかなって、想像したら、出来た」

恐る恐る近づいてくる矢野さんの目を見たまま、そのままの説明を試みた。

彼女は、化け物に向けたままの目を、見はった。

「想像力で、なん、でも出来、るんだ」

「想像力……」

そんなことがあるだろうか。まるで魔法使いみたいな力が。

燃えたノートを矢野さんが強く踏みつけると、黒い粉が舞った。どうやら完全に炭となってしまったようだ。

矢野さんは、思う存分、炭をまき散らしてから、一歩退き、改めて、僕をじっと見た。

僕のことを火を吐く化け物として怖がっているのかと思ったけど、多分違った。

矢野さんのその目は、さっきまでとは明らかに色が違っているような気がした。その色は、羨望に見えた。

化け物への憧れ、だなんて、矢野さんはやっぱりおかしい。

彼女の言うようになんでも出来るなんてこと、きっとないからだ。

出来たとして……。

考えていると、少し、怖くなった。

何が怖くなったかって。

「……あっちー、くん、さ」

ひょっとして、なんでも出来るなら私を助けてなんて言われるんじゃないかと、怖くなったんだ。

「そういえば、矢野さん、野球部のこと知ってる？」

だから、彼女の言葉を遮り、本来学校に来た目的を果たすことにした。

「ん？　な、にー？」

「野球部の窓が割られてたらしいんだけど」

「あ、誰かが言って、たー」

「そう、あのさ」

そこまで言ったところで、矢野さんはケタケタと笑いだした。ぱたぱたと足を鳴らして炭をまき散らしながら。どうした、頭がおかしくなったのかと思っていると、彼女は僕を指さした。

「私が犯、人だと思って、るー」

図星だったくせに、図星だったからこそ、どきりとした。

「いや、まあ、うん。かもって、思って」

「し、ないよそんなこ、と」

矢野さんは、今日初めて、いつものにんまり笑いを見せた。

「自分の為、に復讐なんてし、たら、相手と一緒にな、っちゃう」

相手と一緒になる。

つまり元田と一緒になってしまうということだ。なってしまうということは、それはつまり、矢野さんはそれをダメなことだと思っているということだ。

「自分の為じゃなくても、カエルの為とかは？」

「し、ない。あの子がどう思って、たのかなんて知、らないもん。そんな馬鹿な子みたいなこ、としない」

僕は言葉に詰まった。色んな理由があったけれど、特には、矢野さんに、行動に対するきちんとした考えがあって驚いたからだ。そうなら何故いつももっと考えて行動しないんだろうと思ったし、同時に、ノートに書かれていたような誹謗中傷は的外れだと、少しだけ思った。

もちろん、矢野さんを肯定する気は毛頭ないんだけど。

「あーま、だ疑って、る感じがす、るなぁ」

「いや、そんな、別に」

「じゃあさ」

矢野さんは、にんまりじゃなく、何かを企むようににやりと笑った。

「真犯、人捕まえ、よう」

「……ん？」

真犯人？　そんな言葉、探偵漫画以外で初めて聞いた。

「あっちー、くんは、コナンと金田、一なら、どっち派？」

「ネウロ派。いや、もう疑ってないよ。真犯人捜すって言ってるんだったら、そんな意味ないこと」

「私は弥子ちゃんが好、き」

「ああそう」

ジャンプ読んでるんだ、この人。いちいち自分と、こんな変な矢野さんに共通点があることに驚く。

「どうしてやめ、とくの？」

「どうせどこかの馬鹿が石でも投げ込んだに決まってるから」

「そっか割れてたの、道路側だったん、だ」

言われて、自分が何も考えずに発言したことに気がついた。そうだ、割れていたのはグラウンド側だった。見に行ったくせに、あの矢野さんより考えなく言ってしまったことが恥ずかしくなる。

「とりあえず、は現場を見に行、こう」

すっかりやる気の矢野さんに、意味はないと思いながらも、溜息を聞かせてやったら、「深呼、吸は大事、だ」と言われた。もういい。

「流石《さすが》にグラウンドに行ったら見つかるんじゃない？」

「夜休、みだから大丈、夫だよ。外からも塀で見えないだろうし壁沿いを通、ろう。あっちー、くんは闇に紛れ、られ、るよね」

「……え、僕も行くの？」

「そうい、えば明日は雨らし、いね」

相変わらず人の話の聞けない奴だ。

無視されたのだから、僕だって矢野さんを無視してやっても良かったはずだった。なのに、それが出来ないからお人よしなんだと、誰かに責められている気がした。

明日は雨、それなら流石に矢野さんもここに来やしないだろうと考えながらシャドーを用意し、屋上から下の階に向かうことにした。今日が最後だ。これくらいのサービスしてやってもいい。

途中、矢野さんの上靴の音が気になったので注意すると、彼女はうっすらと笑い、上履きを脱いで両手に装着し、それを打ち鳴らし始めたのでもう一度注意した。小学生か。

どこから外に出れば安全だろうか、考えてから今更疑問に思った。

「いつもどうやって校舎に入って来てるわけ？」

「正門通、って昇、降口か、ら」

「や、登校の時じゃなくて」

付け加えたのに、矢野さんは聞く耳もたぬという様子でずんずんと僕の前を歩いていった。僕は階段を下りる前にそそくさとシャドーに下の階には誰もいないか確認させる。幸い、一階まで警備員さんと会わずに来れた。ここからどうしようか。警備室は、渡り廊下でつながったもう一つの棟内にある。先生達が入り口とする玄関の横で来客の受付も兼ねているのだ。確かに、いっそ昇降口からならグラウンドや中庭という目につきそうな場所に面していないし、いいかもしれない。

そんなことを思っているうちに、昇降口に着いた。そうか、裸足の僕と違って矢野さんは上靴と運動靴を交換しなくちゃいけないんだと気付く。

まるで遠慮なく靴箱をいじる音にはらはらしながら待っていると、彼女はその場で靴を履き、そのまま閉まっている昇降口のドアまで前進し手をかけた。鍵、かかっているんじゃないか？

そんな僕の疑問は矢野さんからも、それから昇降口のドアからも無視された。

普通に、開いたって意味だ。

なんで？

「行こ、う」

「なんで、開いてんの？」

「来、た時も開いて、たよ」

「んな馬鹿な」

ツッコミも無視する馬鹿は、てくてくとグラウンドの方に歩いていった。警備員室から遠いとはいえ、巡回してたら見つかる可能性もあると指摘すると、「うるさ、いなぁ」と言いながら身を屈めて校舎に沿って歩いた。僕は、この子の口を黒い粒でふさげやしないだろうかと思ってすんでのところでやめた。万が一、窒息させたらえらいことだし、化け物の姿で人間に直接触れた経験はまだないから何が起こるとも知れない。この黒い粒が僕を飲み込むように彼女を飲み込んでしまった時の対処法なんて知らない。

校舎の壁で身を隠しつつ、体育館の裏を通って部室の群れに近づき、ブロック塀沿いに生えた木々の間から例の割られた窓を確認した。流石《さすが》に元に戻っているはずもなく、そこにはまだ段ボールが貼られている。

「ちょっと遠くて、よく見、えないね」

「近づいてももう片付けられてて何もないよ。戻ろう」

「犯人は現、場に戻って、くるんだよ」

「来たとしても今じゃないと思うよ」

「ハリー・ポッター好、きなの？」

矢野さんは会話の流れはこれで間違ってないという自信満々の顔で、ブロック塀に背中から寄り掛かった。

僕は、頭を掻き毟りたいのを我慢し、何かを諦めて、その場に座る。

「流行ってたから親が買ってきてうちにあるんだ」

「へえ、映画館派じゃな、くて、ＤＶＤ派なん、だね」

「………本派」

本当のことで、考えてみれば知られたからと言ってどうこうという情報ではないはずなのに、僕は、答えるのに躊躇《ちゅうちょ》してしまった。

理由として、どんな本を読むのかなんて、クラスの誰にも訊かれる想定をしていなかったから、きちんとした正しい受け答えを用意していなかったのだ。

矢野さんは、驚いた調子で「へぇ！」と大きすぎる声の相槌を打った。

「静かに……」

「あの分、厚いの読んで、んだ、すっげー。本好、きなの？」

「そんなに読むわけじゃないけど」

でもハリー・ポッターは、読みやすく、面白くて読んでしまったんだ。なんて、趣味の話を熱く語られたって相手が困るだけと知っている僕は、付け加えなかった。

「本って読、みたいと思、わないな」

目の前のこいつは特に本なんて読まなそうだとちょうど思っていると、矢野さんの方から自白した。いや、自白って言葉は彼女の探偵ごっこに乗せられてるみたいだ。訂正する。彼女の方から話してくれた。

「見、るなら映画でい、いかな。本ってさ、文字ばっか、り目で追っ、てると疲れ、るじゃん。それなりに時間もい、るし、しゃっと読め、る人もい、るんだろうけど、漫画の方がしゃっと読め、るし。面白、い」

「……小説も面白いのは面白いよ」

彼女の意見に対して、つい反論みたいなものを言ってしまってから、しまったと思った。けれど、矢野さんは「そんなも、んか」と首を横に揺らしただけだった。

自分で言ったことに動揺する。ここにいたのが彼女だけでよかったと初めて思った。夜と、化け物であることにあてられているんだ。お昼なら、人の言ったことと自分の意見を衝突させたりせずに、会話できるのに、つい、自分の趣味の主張なんてしてしまった。

「文字ばっか、り読んで、たら、馬鹿になり、そうだー」

歌うように、矢野さんはその言葉を宙に投げた。

僕は、ひょっとするとその言葉は一人のクラスメイトのことを指しているのかなと思った。思えば、矢野さんが夜休みだなんて言って、学校に忍び込んでいることも、本ばかり読んでいるあの子が関係しているのだ。

緑川双葉。矢野さんが、あれ以来彼女のことをどう思っているのか、気にならないことはなかったけど、解決する気もない問題に首を突っ込む気にはなれず結局訊けなかった。

やがて、矢野さんの携帯からチャイムが鳴るまでそこにいたけれど、真犯人とやらが現れることはなかった。あと僕が見つかるから携帯の音を切れと言っているのに、矢野さんが途中でチャイムを消すこともなかった。

「ばれても、知らないぞホントに」

「しつこ、いなぁ。警備、員さんい、るから大丈、夫だよ」

だから大丈夫じゃないんだ。それに当直の先生なんているのか知らないけど、そんなのに見つかったら警備員さんに見つかるより始末が悪い。ただそんなことをもう矢野さんに注意したって聞きはしないことも分かり始めていたから、黙っておいてあげたのに、こいつと来たら。

「神経、質。しんけいいし、つー」

からかうその言い方にはかなり腹がたった。なので、壁沿い昇降口に向かいながら、実は言わないでおいてやった文句を一つ、言ってやることにした。

「矢野さんが無神経すぎるんだ。昼だって、せっかく井口さんが消しゴム拾ってくれたのに、あんな乱暴に受け取ってたろ」

「お昼の話はし、ないで」

こちらを見もせずに突き放すような言い方をされて、矢野さんの後ろで僕の体の粒達が、あたかも毛が逆立つように盛り上がり、ざわめいた。

もう少しで、そのざわめきはいけないものになっていたかもしれない。

「きっ、と」

体のわななきが止まったのは。矢野さんが何かを言いかけたからだった。僕は、人の言葉に耳を傾ける化け物。

「いぐっ、ちゃんは、いい子だ、よ」

「…………」

なんだそんなことかよ、と思った。そんなの知ってるよ、とも思った。

僕達はそれから何も言わず、校門まで辿り着いた。何故か校門も普通に開いていた。

僕らは簡単な挨拶だけをして、その場を去ることにした。海の方を目指し、空に大きく飛び上がると、下の方で矢野さんが校門近くにあった自転車にまたがるのが見えた。こんな時間に一人で大丈夫かと少し思ったけど、にんまりと笑っていたので、放っておくことにした。

苛立ちは、いつの間にかどこかに行ってしまった。


〈金・昼〉


うちのクラスで、矢野がいじめられているのには仲間意識というものが大きく関係している。

次の日、矢野が言っていたように朝から雨が降っていた。

雨の日は、傘をさして、歩いて登校する。本当はいつも通り自転車で通いたいところだけど、傘は教師に見つかって注意されるのが面倒だし、雨合羽《あまがっぱ》なんて着てる奴はいないから悪目立ちしてしまう。

登校時間はかかってしまうけれど、睡眠を必要としない俺は早起きとも無縁なので、朝ご飯を食べてからゆっくりと登校すればいい。今日はいつもより更に腹が減っていて、トーストを四枚も食べた。火を吐いたこととと、関係があるのだろうか。

流行りの曲ばかりが入った音楽プレーヤーで適当に音を流しながら歩いていると、わりとすんなり学校に着いた。

雨の日は、親に車で送ってもらう生徒がいたり、俺の様に歩きで来る奴らがいるため、ギリギリに登校してくる奴らがいつもより多い。俺は思ったより早く着いたので、昇降口はすいていた。

外で傘を畳んで雨粒を飛ばし、中に入る。

そこに、頭からずぶ濡れの矢野が、立っていた。

まるで想定していなかった出会いに、俺の表情は、ひきつっていたと思う。スカートを絞っていた矢野は俺を見ると、にんまり笑って「おはよ、う」と言った。

矢野がクラスメイトに無駄な挨拶をするのはいつものことだ。それなのに、俺は不覚にも、一瞬、立ち止まってしまった。その場に、他のクラスメイトが誰もいなかったことは、本当に運が良かったと言うしかない。

「傘、とられ、ちゃった」

俺はどうにか、彼女がその哀しい出来事を言い終える前に我を取り戻した。視線をそらして、足を自分のクラスの靴箱の方へと運ぶことが出来た。

視界の端、矢野は俺に無視されても何故だかにんまりと笑っていた。やっぱりこいつはおかしいと思っていると、背後から声が聞こえた。

「おはよう矢野さん、保健室でタオル貸してあげるから来なさい」

「ありが、とうござい ま、す」

なるほど、能登がちょうど出勤してきていたのだ。俺は彼女に感謝しておく。これで、俺の、矢野と関わりたくないという希望も、矢野の、濡れた体をどうにかしたいという希望も叶えられた。万々歳だ。

　教室に行くと、やはり席の半分以上が埋まっていなかった。先に来ていた声の大きい高尾《たかお》達の男グループと、昨日井口を責めていた中川《なかがわ》達の女子グループが楽しそうにクラスメイトの傘を壊した話で盛り上がっていた。俺は聞いていないふりをして傘立てに傘を突っ込んで鞄をロッカーに入れる。

　机にじっと座っているだけだと変に体調を気遣われたりするので、隣の席の工藤と昨日の夜のドラマの話をした。少しひねってあるあたりがどこにでもありそうな恋愛のドラマだ。流行っていて、俺は二話から見ている。正直、今のところあまり良さが分かってはいないけど、感想なんて人それぞれで、仲のいい女友達が八重歯を見せて絶賛するのに反する意味はない。

　少しして笠井が来ると、全員にいきわたるような絶妙な挨拶をしたので俺も手をあげた。笠井が鞄をロッカーに持っていこうとして俺の横を通った時を見計らったのだろう、高尾が自分の天誅を息巻いて報告してきたので俺もその話にのった。

「あいつ昇降口のとこでずぶ濡れになってたよ」

　俺の言葉に笑いが起きる。よかった。雨の日、というのは不思議と、皆のテンションがちょっとずつ高いような気がする。雨に濡れない為に窓が閉め切られているせいで、教室に秘密基地的な感覚が生まれ、いつも以上に一体感が生まれるからかもしれない。

　うちのクラスは、問題も少なく良いクラスだと、教師達が言っているのを聞いたことがある。

もちろん矢野のことに目をつぶればだけれど、教師がそう言いたくなるのも分かる。元田などそれなりに騒がしい奴や軽い校則違反をする奴らはいても、暴力沙汰や警察の世話になるような問題がないこのクラスは、律しやすい、いいクラスだろう。

仲間意識。矢野たった一人を悪だとすることで生まれた、仲良くするための大義名分が、このクラスの中にはある。だから、いいクラス。

「緑川に見せてやりゃよかった」

高尾の言葉に俺も笑って「だな」と返した。

もちろん矢野が犠牲者だなんて言うつもりはない。この事態をひきおこしたのは矢野自身だ。あいつが行動を起こした。このいじめの源流。相手が、緑川だったことは、矢野が下手なんだと言う他ない。

実は、緑川への狼藉がまずかったのは、緑川が皆に愛されているからだけではない。

「おはよう！」

突然、笠井が満面の笑みで教室の後ろに向かって挨拶をしたので振り向くと、ちょうど緑川が登校してきたところだった。彼女は、「うん」といつも通りに応え、俺達はそれに更に応えるように口々に軽い挨拶をする。緑川の中で頷く回数やタイミングがどういうルールなのかは分からないが、彼女はもう一度だけ「うん」と言って席に向かった。

一人だけ、個人への「うん」を貰った笠井は、俺達に見られたくなんてないんだろうけど、先ほどまでよりもにやついていた。俺達に向けるのとは違う種類の笑顔を浮かべていた。バレバレだ。皆に。

笠井は、まぎれもなくこのクラスの中心人物だ。この、矢野に対する敵意で一丸となっているクラスの真ん中に、笠井はいる。

なのに、実のところ、笠井が矢野に何かをするということは全くない。

笠井と矢野の関係、それは、笠井がこのクラスの中で一番、矢野に対して怒っている、というただそれだけだ。

ただそれだけのことを誰しもが知っているというのが、矢野にとっては悲劇だった。

仲間意識。

「おはよ、う」

視界の端、保健室で貸してもらったんだろう、ちょっと大きめのジャージに身を包んだ矢野がにんまりと笑顔で挨拶をして入って来ても、誰も返さなかった。代わりに、というのもおかしいけど、高尾が聞こえよがしに舌打ちをする。矢野は笑顔のまま、机に鞄を起き、椅子に座るや、「ひゃあっ」と声をあげて立ち上がった。つい目を向けると、赤いジャージの尻の部分が濡れていた。俺が来る前に誰かがやっていたのだ。矢野は「えー」と言ったあと、借り物のジャージの袖で、椅子を拭いてそこに座った。

やったのは、高尾達じゃないだろう。もしそうならさっき傘の話をした時に知らせてくるはずだ。実行犯は他にいる。

うちのクラスメンバーはたった一人を除いて昼も夜も人間だ。皆が機械のように同じ動きや考え方をするわけじゃない。

矢野に対しての態度だってそれぞれに違うけど、大体は三つのタイプに分けられる。

一つ目は、これ見よがしに害を与え、それを面白がっているもの。元田や高尾や、昨日井口を責めていた女子達なんかが、これにあたる。

二つ目は、敵意を明確にしてはいるが控えめで矢野が近づいて来た時にそれを表したり、地味な嫌がらせだけをしたりするもの。隣の席の工藤なんかがこれ。このタイプが一番多いかもしれない。

三つ目は、矢野が悪いとは思っているけれど特に行動は起こさず無視だけを決め込んでいるもの、井口や笠井や、俺がこれにあたる、人数の少ない珍しいタイプ。

矢野と緑川を除き、クラスのほとんどが三つのタイプのどれかには分類出来るだろう。多分、矢野の椅子を濡らしたのは一つ目か二つ目のタイプの誰かだ。二つ目は、元田や高尾達と違って敵が見えないだけに、矢野にとっては一番やっかいかもしれない。

誰がやったのかなんて詮索は誰もしない。行動は違っても、自分達は一つの意思で動いてるんだという気持ちが皆の中にあるんだろう。自ら名乗り出ない限り、犯人探しをしないことは、ある意味で暗黙の了解のようになっている。そういえば、友達をちくることはいじめより悪いとか言ってる教師が一年の時にいたのを思い出した。それを正しいと思うかどうかも人による。

チャイムの時間が迫ってくると、続々と席が埋まり始めた。教室内がやはりいつもより少し騒がしくなって、まだ空いている席を見ていると、気がついた。井口が、来ていない。

珍しいことだった。井口はいつも早めに学校に来て、仲のいい子とひそひそ話をしている。前の雨の日に車で送ってもらっていたのを見たことがあるけど、それにしても遅い。受ける高校は決めたのかという話を工藤としながら、井口のことが心配になった。昨日のことを、引きずっているのだろうか。

ついにチャイムが鳴ってしまい、直前に朝練を終えて駆け込んできた元田と、図書室から本を持って戻って来た緑川が席についたところで、担任が入ってきて学級委員が号令をかけた。

不登校、そんな言葉が頭をよぎった時だった。前の扉から、「すみません」という小さな言葉と一緒に、井口が入ってきて、俺の三つ前の席につき、そのまま挨拶に加わった。

井口の鞄にいつもついているトトロのキーホルダーが揺れているのを見て俺は、ほっとしたのと同時に、納得した。きっと井口は、わざとこの時間にやってきたんだ。朝の時間、また昨日のように糾弾されることを怖がったんだろう。

「日直、安達と井口」

着席後、ひとまず一息ついた気分でいると名前を呼ばれた。そうか、今日は日直の日だ。俺達のクラスでは一限目に移動教室がある場合、この時点で日直に教室の鍵が渡されることになっている。今日の一限は、音楽だ。俺は立ち上がり、前の席で鞄から教科書を出そうとしていた井口を「いいよいいよ」と制して鍵を受け取った。二回続けたのは、かっこつけた感じを出さないためだ。

振り返りざま、井口の口パクに近い「ありがとう」を受け取り笑顔を返すと、彼女は急いで準備を始めようとした。俺もなんとなくその様子を見ながら、彼女の席を通り過ぎようとした。

その時だ。

井口が痙攣《けいれん》でも起こしたかのように、ガタンッと机を鳴らした。

教室の空気が一瞬止まってから、笠井が「いきなりびびるってー」とおどけて言ったので、その出来事は流れていった。

だから、多分、気づいたのは俺だけだったと思う。

井口の机が持ち上がり、地面と音をたてたのは、彼女が手を勢いよく机にぶつけたからだ。

鍵を持って、一番後ろの席に座った自分の心臓が、激しい音をたて動き回るのを感じた。

なんだあれ。

見てしまった。

井口は、机の中に置いていたのだろうノートを取り出そうとした。そして、その表紙を見て、咄嗟《とっさ》に隠そうとして手をぶつけたんだ。

見間違え、じゃない。

まるで、昨日燃やした矢野のノートのようだった。

井口のノートの表紙に、マジックで黒々と、ひどい言葉がいくつも書かれていた。

仲間、意識。

ホームルームを終えて、教室を出ても、俺の鼓動がおさまってくれることはなかった。

「あっちー、どしたんだ？　腹いてえの？」

一日、朝の動揺を隠して生活していたつもりだったのに、掃除時間に笠井から心配された。俺は変なあやをつけられないように「日直やって疲れてんの。なんで俺の日に限って音楽とか体育とかあるんだよ」と疲れた表情で返しておいた。

あれから、井口は見るからに沈んでいた。けれど、そんな井口を誰も気遣っている様子はなかった。井口のノートに落書きをしたのは十中八九、昨日彼女を責めていたうちの誰かか、その全員だろう。奴らはそもそも井口を避けていたようだったし、他の人間は昨日井口が女子達から責められていたのを知っていて、それが原因だと思ったから気にしなかった。

つまり誰も彼女を慰めないのは、全員がこう思ったんだ。

矢野を手助けしたんだ、多少制裁を受けても仕方がない。

かく言う俺だって、気にしながらも井口にいつも以上の声のかけ方はしなかった。制裁、見せしめ、その範囲をクラスの奴らがそれぞれどのように捉えているかが分からないので、矢野を手助けした井口をかばったという立場は、避けなければならなかった。だから、仕方なかった。
五、六時間目の授業が終わって、帰りのホームルーム。矢野が無視されたり嫌がらせを受けたり、井口が落ち込んでいた以外に特に問題のなかった今日は、来週の連絡事項と、担任のいつもの「お前ら受験生だぞー」という激励で終わった。
明日は休み、そう思うと一気に心が軽くなった。

挨拶後、部活のある奴らや放課後に遊びの約束を取り付けた奴らが早々に教室を出て行った。

放課後の教室では、いつもならだらだらと数人が教室に残り、駄弁《だべ》ったりこっそりおやつを食べたりしているものだ。なのに今日は、幸か不幸か、いつも暇を持て余してる笠井達も食堂へと移動してしまい、他の奴らも次々に教室を出て行ってしまった。

あっという間に、教室内は日直である俺と井口の二人だけになった。

普段は井口と仲のいい子らも、何かに巻き込まれるのを恐れて早めに退散したようだ。その判断は正しい。俺も、井口の抱える妙な部分に触れないようにしなければならないと思った。良心なんて、ここではなんの意味もない。

二人で真面目に作業しながら、しかし黙っていることにもおかしな意味が出来てしまいそうなので、心底どうでもいい話題をふって時間を稼ぐことにした。

「怪獣が、出たらしいよ」

井口が驚いた顔をしたのは、怪獣という馬鹿みたいな単語が俺の口から出てきたからか、それとも、俺が話しかけたからか。

彼女は何も言わなかったけど、こっちを向いてくれたから、目をそらして話を続けた。

「最近、色んな奴が言ってる。夜中に外を見ると、黒くてでかい怪獣が歩いてるんだって。けど、写真撮っても何も写ってないらしい」

何かしらの、反応くらいは返ってくると思った。なのに井口は何も言わなかった。だから、ちらりと彼女の顔を見てしまった。すぐに、後悔した。

彼女は、苦しそうに、笑っていた。

「ありがと、う」

それは、矢野の喋り方の癖とは違って、言葉を詰まらせた言い方だった。

何に礼を言われてるのか、分からなかった。

「何が？」

「励まそうとして、そんな冗談言ってくれてるんだよね。ちょっと、意外だな。あ、安達君が励ましてくれるのがじゃなくてっ。安達くんが、怪獣なんて子供っぽいこと言うなんて」

苦しそうなまま、井口はくすっと笑った。俺は、しまったと思った。

怪獣というそもそも馬鹿げた前提を、俺が受け入れているのは、正体が自分自身だからだ。笠井だって、信じてないと言っていた、男同士の馬鹿話の一つとして話して来ただけだ。

怪獣の噂なんて何も知らなかった様子の井口に、このタイミングで話せば、そう受け取られてしまうのは当然だ。

井口は、同じ笑顔のまま声を震わせた。

「見られちゃったよね、あれ」

朝のように、心臓が大きく、動いた。

「……気にしない方がいいよ」

なんて意味のないアドバイスだと、自分で思った。気にしたくないことを気にしないでいられるなら、皆、もっと楽に毎日を生きていられる。出来ないから、こうやって生きているんだ。

「すぐ収まると思うよ」

それでも言葉を続けるしかなかった。沈黙と、あと、井口に心の中をぶちまけられてしまうことが怖かった。どちらも、受け止められる気がしなかった。

「うん、でも、しょうがないよ」

しょうがない、きっと、クラスの皆が、井口の落ちこんだ様子に対して思っていたことだ。井口も同じように思っていたなんて意外だった。しょうがない、しょうがない、自分はあの矢野の消しゴムを偶然とは言え拾ってあげてしまったのだからしょうがない。クラスの仲間意識に水を差したのだからしょうがない。責められたって、落書きをされたって、しょうがない。

いくつにも重なったしょうがない。気にしてないってことじゃない。見ないようにしているだけ。俺だってしょうがないと思っていたはずなのに、井口が今回の事態をそんな風に自分の中で決着させようとしていることが、まるで誰かを見ているみたいで哀しかった。

のだ、けれど、俺の自分勝手な感傷は全くの的外れだった。

「しょうがないの、だって、私も」

井口の息継ぎが、いつもより深く長く。

「同じこと、矢野さんにしたの」

「……無視してたってこと?」

井口は首を横に振った。

それから、彼女は昨日の放課後、俺達が教室を出た後に起こったことを話してくれた。あの後、井口は、問い詰められ、良い子ちゃん気取りと罵倒され、そういうことじゃないと説明することも許されず責められた。そして最終的には、矢野をクラスの一員だなんて思っていない証明として、ノートにひどい言葉を書くように言われた。断れなかった。だから、自分が同じようなことを誰かにされたってしょうがないんだ。

聞いて、何も言えなかった。

井口は犯人に気づいた矢野からの仕返しとは思っていないようだった。それが分かったのは途中から、井口の告白が、本人には出来ない謝罪を、代わりに俺にしているような口ぶりだったから。普段なら矢野への心遣いなんて口にしてはいけないけれど、ここには俺と井口の二人しかいないから、止めもしなかった。

話を聞いたことが、井口の気持ちを軽くしてやれたなんて、そんなことは思わない。

何故なら俺は、話を聞きながらずっと、このクラスでずれているのは井口の方なんだと思っていたから。

井口は、この話の最後に、俺しかいなかったものだから、気が緩んでしまったのだろう。それともやけくそになったのか。この教室で、口にしてはいけない疑問を打ち明けた。

「皆、矢野さんにひどいことしてるのに、変だよね」

俺はうんともいいやとも言わず、井口との会話を打ち切り、日直の仕事を再開した。無視したわけじゃあないけど、しょうがなかった。

せめて、どちらかに決めつけることが出来たら、良かったのに。

〈金・夜〉

真夜中の百貨店に侵入してみた。小さな頃、閉店後の百貨店で冒険をしてみたいという夢があったことを思い出したからだ。まさか、こんな姿になって夢を叶える日が来るとは思ってもみなかった。

どうせ記録に残らないのだからと、真っ暗な店内を堂々と歩いた。とは言え、体のサイズは大型犬くらいにしておかないと。仕事中の警備員さんを失神させてしまってはまずい。

非常灯の緑色が不気味だ、なんて思いながら、非常灯にすら怖がられてしまいそうな僕は上の階から順番に店内を見学していった。

ただ、うん、考えてみれば当たり前なんだけれど、特に何も昼間と変わっているところはなかった。テーマパークは夜の内に済ませなければならない作業があるらしく、その為に職員の人達がいたけれど、ここにはそんな人たちもいない。途中の階で懐中電灯の光をやり過ごした以外に、ハラハラすることもなかった。

夢は夢のままの方が美しいものなのかもしれない。もう外に出てしまおうか。化け物の僕に雨宿りもない。次はどこに行こう。本気で跳べば近い外国にくらい行けるんだろうか。まずは国内旅行に挑戦して徐々に範囲を広げていくのはどうだろう。

頭の中で様々な景色を思い浮かべながら、時間や光が、止まってしまったような緊張した空間の中を歩いていた。

三階か、二階にまで下りてきていたはずだ。

僕はそこでふと、ある商品が並ぶコーナーを見つけ、その場に立ち止まった。

雨の日だからか、もうすぐ梅雨がやってくるからか、それともいつも通りなのか、大量に並べられた女性用の傘が、夜目の利く僕には、闇の中でも色鮮やかに見えた。

カラフルな傘達を見て、自分で思いついてしまったことに、正直、迷った。

迷ったのだから、決断したのは、善意なんかじゃない。きっと、きっかけが欲しかっただけだ。

僕は、行動に出ることにした。屋上まで駆け上がり、建物の屋根を伝いながら、一度自分の家まで戻る。家の中は、当たり前に静まり返っていた。

傘立てから尻尾で一本を拝借して二階にあがり、窓を開けてから再び外に飛び出した。万が一にもうちから出ていくところを見られてはならないので、いつも通り速度を付けて遠くまで飛び、着地地点に何もいないことを確認してから巨大化した。どうせ記録に残らないんだ。とことん怪獣を気取ってやれ。

自分が怪獣だと思って行動するのはことのほか楽しかった。井口に言われた。意外と子供っぽいところがあるって。意外、どころじゃないんだろうなと思う。

雨の中でも巨大な六本の足を駆使して移動すると、学校にはすぐに着いてしまった。大きく上に飛び上がり、体のサイズを小さくして屋上に着地する。

そこからはいつもの工程に、一手間だ。僕以外に傘も侵入させなければならないので、いちいち屋上の扉を開けなければならない。

いないならいないで、それまでだと思っていた。雨が降っている。こんな日にまで来てはいないだろうとも思っていた。

教室前方のドアに尻尾をひっかけて開けることが出来た時に、安心したのか残念だったのかは自分にも分からない。どちらもな気がする。

「こんな日も、来てるんだ」

僕が言うと、自分の席で携帯をいじっていた矢野さんは顔を上げた。

「来、ると思、わなかった」

僕は尻尾でドアを閉め、教室後方に移動し、体をすわりの良いサイズにした。

「傘なくなったって言ってたから、これ余ってた、あげる」

矢野さんに向かって傘を優しく放ると、キャッチに失敗して傘を顔にぶつけた彼女は「わっち！」という謎の悲鳴をあげた。

「痛、あ。ねえお昼の、話はし、ないでよ」

またその注意。一体、うるさいのはどっちだと思って忠告を「ふん」と一蹴すると、矢野さんは無表情でぺこりと頭を下げた。

「でもありがと、う」

そういう時こそにんまり笑うもんじゃないのかと思ったけど、人に感情の強制をするなんて馬鹿げたことはしたくなかったので言わなかった。

苦しそうな顔で笑ってた、井口さんを思い出した。

今日は、いつもとは違って、矢野さんに話したいことがあった。

ただ、どうやって切り出したものか。お昼に例えば工藤相手なら簡単に出来るのに、矢野さんに対してどうすれば、自らの望む話を出来るのか、分からない。

会話の糸口。そんなものを教室の天井に探していると、矢野さんが何を思ったのか、また変な質問をしてきた。

「あっちー、くん、ラピュタ派？　ナウシカ派？」

「えーと、トトロ派」

一度迷ったのは、いつもジブリで何が好きかと問われた時に用意している答えと本音、どちらを言おうか考えたからだ。

「夢だ、けど夢じゃな、かった」

映画中の名台詞。一瞬、矢野さんの変なアクセントのせいで違う台詞に聞こえた。

まさに化け物の僕はそんな感じなのかもしれないと思った。

「矢野さんは、ラピュタかナウシカなの？」

「や、ものの、け姫」

「じゃあなんで二択で訊いたんだよ」

もしかしてもののけ姫が好きだから、こんな見た目の僕に初対面の時びびらなかったのだろうか。

「っていうか矢野さん、トトロじゃないんだ」

「なん、で？」

「名前、さつきなのに」

なんとなくの冗談交じりで言ったことだった。なのに、矢野さんはその一言に何故かムッとした顔をした。とは言ってもわざとらしく眉間にしわを寄せて唇を尖らせただけで、怖くなんてちっともない。

「そのさつ、きじゃな、い」

「そうなんだ」

「五月が名、前の意味、っていうのは一緒、だけど」

僕が矢野さんの体なんてひと飲みに出来てしまう頭を傾げると、彼女はドヤ顔でこちらが訊いてもいないことの説明を始めた。

「花の名前な、の」

僕の相槌なんて待たず、彼女は続ける。

「ちょうど今頃に咲いて、るはずだよ。少し遅、いけど、春の花」

春の花と言われて、僕の頭の中に浮かんだのは、空を覆うピンク色や、一面に咲く黄色だった。さつきという花の想像がつかない。

「私、春の花、の中でもさ、つきが一番好、き。もし、自分の名前じゃなく、ても」

「桜や、菜の花じゃなくて？」

さっき浮かんだイメージをそのまま伝えると、矢野さんはこくんと頷いた。

「もちろんそ、ういうのも好き、だよ。でも、綺麗で目立、って皆が注目、する、そういう花よ、りも私はどっちかって言、うと、山の中とか道端でじっと咲いて、る花が好、き」

「……」

それは、自分を投影してだろうかと、意地悪なことを思った。

ひっそり、じっと、咲いてる花。

色んな人を、想像した。

「そう、だ雨がやん、だら見に行、こうよさつき。山の中に咲いて、る」

その提案は今まで矢野さんからもらったものの中ではかなりマシに思えた。ただ、

「僕は行けるけど、矢野さんはどうすんのさ」

「背中に載せ、てよ」

「やだよ。君も化け物になっちゃったらどうすんだよ」

ひょっとしたら、それでもいい、だなんて矢野さんは言うかもしれないと思った。けど彼女は
「それはやだ、な」とすぐに諦めた。自分で言っておいてなんだけど、拒否されるとちょっと嫌な気持ちになる。

「そういえばなんで突然、ジブリの話を？」

「金曜ロー、ドショーがナウシカだ、ったよ。見てな、いんだ？」

「あ、忘れてた。あれ今日か」

ジブリは、笠井達の話題にはあがらないから、注意していなかった。もう何度も見ているけれど、見ればよかったなと、残念になる。

「それでジ、ブリの裏、設定とか都市伝、説についてのブログ見て、たの」

「あー、あのトトロが死神なんじゃないかとか」

「そうそ、あっちー、くんは死神好きなんだね、え」

「デマらしいけどね」

「伝説は伝、説で楽し、いからデマとかどうでも、いいの、トトロ好き、なくせにそんなのも分か、んないの」

馬鹿にした言い方をされて、ムッとした。僕は、デマであるという情報を言っただけだ。決めつけたわけでも押し付けたわけでもない、なのに矢野さんの非難するような言い方はどうかと思った。

けれど、反論しなかったのは、伝説は伝説で楽しい、というのは本当にその通りだと思ったし、反感よりももっと、伝えなければならないことがあったからだ。

僕は勇気を出してその話題をふってみる。

「井口さんも、同じようなこと言ってた」

「いぐっ、ちゃん？」

実際に呼んだことなんてないのかもしれない、矢野さんの発する「いぐっ、ちゃん」は昨日からずっとイントネーションが少しおかしい。

でも、食いついてくれてよかった。

「うん、井口さんと二年の時、隣の席だったことがあって、ずっとトトロのキーホルダーつけてるから、訊いたことがあるんだ。トトロ好きなんだ、って。そしたら色々話してくれて、あの人も言ってた。不思議が不思議なまま不思議で大好きだって。その話聞いて、もう一回トトロ見て、僕も一番好きになった」

「……へぇ」

矢野さんは、きょとんとしていた。

「あの、いや……」

しまったと思った。ただ、伝えるべきことを簡潔に言えばよかったのに、何を熱を持って、自分の趣味の話をべらべらと喋ってしまったんだろう。そんなこと相手は聞きたくないだろうし、それに僕だってこんなことを喋るつもりじゃなかった。

恥ずかしくなって、ふと、そういえば昼の話はしないでって言われないんだなと思った。思い出は、昼も夜も関係がないからだろうか。

「いや、その、井口さんの話をしたのは、その、実は矢野さんのノートに落書きをしたのは、あの人で、だけどそれは他の奴らに強制されたことだったんだ。で、今日そのことを僕は知って、それで、井口さん、悪いことをしたって思って、謝ってた。それを、矢野さんに伝えようと思って」

とにかくこの恥ずかしさを取っ払ってしまおうと思って、本来伝えたかったことをしゃにむに喋った。ただ言ってしまってから、いくら謝っていたとはいえ、後悔していたとはいえ、実行したのは井口さんなんだから、矢野さんの怒りがあの子にめいっぱい向いてしまったらどうしようと思った。それも変なことじゃない。

「…………」

一体、どんな反応が、言葉が、返ってくるだろう。

わりと緊張しながら待っていると、矢野さんは、さっきのきょとんとした顔のまま、ぽつりと、僕に優しく、言葉を放った。

「分かった」

何がだろう。待っていると、小さな指にさされた。

「あっちー、くん、はさ」

それから、ふっくらと、小さな花が咲くように、彼女は笑った。

「いぐっ、ちゃんが好、きなんだね」

僕のギザギザした口から「へ?」という空気が漏れると、矢野さんは「ふむふ、む」とわざとらしくうなずいた。

「好き、な子のことをあの人って言、うのいいね」

「え、ちょっと、待って、何? え」

めちゃくちゃ分かりやすく狼狽えてしまった。矢野さんは、いつもみたいに僕の疑問符を無視して、手をぽんと打った。気持ちが追いつかない。ちょっと待って。

「そっかいぐっ、ちゃんだから、使い終わ、ったノートだっ、たんだ」

「……どういうこと？」

「お昼の話は終わ、り」

両手で矢野さんは口を塞いだ。いきなりそれかよ。

一体どこがラインなんだろうかと、本当はそんなもの最初から気まぐれ以外にはないんだという気もして、僕は彼女の忠告を無視することにした。焦って、黙ってられないのもあった。

「あのさ」

実はあと一つだけ、念のため確認しておきたいことがあったんだ。真面目な話をして自分の心を落ち着かす意味もあった。

「井口さんのノートの落書き」

矢野さんは口を塞いだまま、眉間にしわを寄せた。

「一応訊くんだけど、矢野さんじゃないよね？」

今度は口を塞いで眉間にしわを寄せたまま首を横に振った。

「そっか、ごめん」

疑ったりしてという意味だったんだけど、矢野さんは「夜休、み中だよ」と言って僕を指導するように指さした。自分が疑われたことより、あくまでその決まりが重要らしい。

激しい音が窓を叩く。雨脚はどんどん強まっているようだった。

そこで、チャイムが鳴った。今日は、化け物になる時間もいつもより少し遅く、百貨店も回ったから短めの夜休みだった。

「時間だ。あっちー、くんの大切、なあの人がいぐっ、ちゃんでよかった」

「いや……昼の話はしないんだろ」

言ってしまってから、その発言は認めてしまっているんじゃないかと思ったけど、化け物にも口から飛び出た音を回収する能力はない。

「夜は大切じゃな、くなるの？」

純粋でいじわるな質問に、僕は答えを詰まらせてしまった。

そのあと、うんともいいやとも言わなかったのはなんと言ってしまってもダメージを受けるのは僕だと思ったからだ。

「いい子が傷つ、くのはやだ、ね」

窓から飛び出す前、別れ際の矢野さんの言葉にも、僕はしっかりと黒い頭を縦に振ることは出来なかった。

資格がなかったからだ。

何も言わずに、外に飛び出した。雨が全身を襲っても、化け物の僕は平気だった。

もしこの時、うんと答えていたら何かが変わっていただろうか。

いいやと答えたら何かが変わっていただろうか。

週明け、事件が起きることになる。

〈月・昼〉


土日の夜も、実は学校を二度見に行ったんだけど、矢野はいなかった。

週末は夜休みもないいんだということを知った。

昨日で雨は上がったものの、まだ空はどんよりとした雲に覆われていた。

今日の一番の心配は、いつものようにボロを出さないでいられるかということや、矢野と二人きりで鉢合わせたりしないかというようなことじゃない。

井口がちゃんと、学校に来るかどうかだ。

本当なら日々、あんなことをされててにんまりと学校に来られる矢野がおかしいんだ。井口が教室に来なかったとしても、責められない。もちろん、矢野も。

けれど、特に井口はきちんと来た方がいい。今日休めば、明らかに原因が木曜日に起こったあれだと思われる。それは井口にだって分かってるはずだから、気まずくなってますます出てこられなくなる。教師じゃないけれど、今年は受験だってあるんだから、休まないにしたことはない。

なんて、そんなの本当は建前で、本音はあの時、井口の問いを無視した自分のせいで、彼女を教室に出てこられないほど傷つけてしまったのではないかと、不安で仕方ないだけだった。

だから、教室に入るなり、井口の席を確認してそこに彼女がいた時は、心の底から安心した。

彼女の周りに、誰もよりついていないことを無視してはいけないんだろうけど。

「あっちーも、こんな天気だと暗い顔にもなるかぁ、サッカー出来ねえじゃんなあ」

席に着くなり、笠井が挨拶もなしに俺の机に座った。俺は慌てて顔を作りなおす。

「よう。まあなぁ」

「そんなあっちーに面白い話をしてやろう」

笠井の言う面白い話は、大抵、テレビで手に入れた雑学とか、クラスの子の色恋沙汰とかその向こうの下世話な話とかなんだけど、今回はなんだろう。

「なんかあった?」

「そうそう、前にしてた怪獣の話、あったろ?」

「ああ、夜に出るってやつな」

「あれがさ、学校の近くに出たんだって」

「へえ」

と、ある程度びっくりした感じで相槌を打つ。そうか流石《さすが》にあのサイズだと遠くからでも確認されてしまうのかもしれない、気を付けなければ。なんて思ったのは間違いだった。

「なんかな、金曜日の夜中にさ、元田が学校に忍び込んだらしいんだ」

「……は?」

思わず作っていない、素の反応をしてしまった。

「ははは!　分かるその反応っ」

笠井は手を叩いて無邪気に笑う。

「馬鹿だよなあいつ。土曜の朝から試合だったらしいんだけど、グローブ部室に忘れたの夜中に気付いて、顧問に殺されるっつってさ、ここまで来たんだって。あいつんちチャリでも結構あんだけどな、雨の中だぜ、あははっ。そんでさ、来てみたら校門開いててさ、普通に入れたらしいんだ。ラッキーっつって、部室の鍵壊れてるからグローブとって、帰ろって時に、出たんだってよっ」

テンションがあがって笠井は俺の肩を叩く。

「怪獣が？」

「そうそ、近くで見たらめちゃくちゃでかくて、超キモかったってさ。あいつ夜中に俺に電話してきてさ、テンション上がってうるっせーの、聞かせてやりたかったなぁ。あ、あっちーは寝てっか」

ちょっとのからかいに「悪かったな」と控えめに返す。

「で、怪獣に見つかんないように部室の陰から見てたら、いきなり怪獣が飛び上がって落ちてきたら小さくなってて、この学校ん中に消えてったっつうわけ」

「んだよ、それ」

「だろ、んなもん信じるかよって言ったら、あいつムキになってさ、土曜日も学校来たらまた出たって。全部夢だろっつんだよな。しかもあいつ校舎ん中、忍び込んでみたらしいの。馬鹿すぎるだろっ」

「マジか」

「んで、あいつ、怪獣をさ、今度何人かで夜中に校舎に忍び込んで捕まえるっつうの。あははは っ、ちょっとあいつらが警備員に捕まんの楽しみにしてようぜ」

「あは、ははあ、そうだな」

無理矢理に笑顔を作りながら、心は思い切り揺れていた。

まずいことになった。

そう、一度、思ってから、「あれ？」と、実は何もまずくなんてないことに気がついた。

まずくない。俺は、もう二度と学校に近づかない、それだけでいい。そうすれば学校にもう化け物なんて現れないことに元田達は気づくだろうし、俺はどこか遠くに行っていれば、クラスメイトに見られることもない。いつも通り、平穏だ。

俺にとっての平穏はちゃんと保たれる。

だから、まずいことになったのは俺じゃなくて、矢野だ。

矢野にとっての平穏は、壊されてしまう。

笠井の言う通り、本当なら元田達が警備員たちに捕まるのが一番いい。奴らにとってはよくないだろうけど、矢野にとってはそれがいいはずだ。

ただ仮に、例えば矢野と同じように、元田がなんらかの方法で見つからないよう校内に侵入し、そこで鉢合わせるようなことがあったらまずい。

そうじゃなくても、矢野が校舎に向かってきている時なんかに鉢合わせたら。

俺は、化け物の姿でどこで誰に見つかったとしても、巨大化したり、逃げさえすれば捕まらない。

ただ、矢野はどうだ。

巨大化も高速で走ることも出来ない彼女の平穏は、なくなる。

矢野の言う夜休みは、壊されてしまうだろう。

どうしよう。

どうにかした方が、いいんだろうか。

本当は、まるで関係なんてないんだけど。

笠井が同じ話題を他のグループに話しに行ってから髪をいじっていると、「信じらんねえっ！」と大きな声で言いながら高尾が入って来て我に返った。

元田の話でも聞いたのかと思ったけど、どうやら少し様子が違いそうだった。

なんでも、金曜日に自転車で来ていた高尾は、帰りは雨が激しかったため親に迎えに来てもらい自転車を置いて帰った。その自転車が、誰かに盗まれてしまったらしい。

土日になくなったんなら運動部かもしれない。けど、運動部がそこそこいるこのクラスでそれを言うのは具合が悪いので、高尾は全員に知らせるために大声で言ったんだろう。仲間意識を壊さないための配慮と、敵意を持たれないための危機感がある。

二年生の夏くらいだったか、矢野の筆箱がなくなって「誰かに盗られた」と騒いで、結局家に忘れてきていたということがあったのを思い出した。

「あっちー、あっちー！」

「ん？」

いきなり隣から大きな声で工藤に呼ばれて振り向き、液体がズボンに一滴垂れて気がついた。

「わっ」

鼻血が出ていた。慌ててポケットを探るも、今日に限ってティッシュもハンカチも忘れていた。

「能登にティッシュ貰ってくる」

そう言って口元を手で押さえて急ぎ教室を出た。周りに変に迷惑はかけたくない。背後から大きな笑い声が聞こえた。きっと笠井あたりが笑い話にしてるんだろう。心臓が強く脈打つが、いつものように無視する。なんで突然鼻血なんか。化け物になっている反動が体に来てたりするんだろうか。

口の中に鉄の味が流れ込んでくるのを感じながら、赤くなっていない方の手で保健室を開けると、能登と、思いもしない先客がいた。緑川だった。

「安達、ノック」

「ティッシュください」

挨拶も謝罪も省略し用件を伝えると、能登がティッシュを箱ごと渡してくれた。俺は数枚を受け取り、手と口元を拭いてから、鼻に詰めた。

「これも、はい」

ウエットティッシュまで渡され、俺は壁の小さな鏡を見ながら口元を拭く。鏡の端に、こちらを見ている緑川が見えた。

「ありがとうございます、あとノックすんません」

「ここに来るのは男子だけじゃないんだから、気をつけなさい」

「すんません、緑川も、ごめん」

「うん」

　じゃあ、という感じでドアノブを握り、出て行こうとすると能登に「鼻血どうしたの？」と訊かれた。そりゃそうだ。

「や、なんもしてないんすけど、突然出てきて」

「そう。前も言ったけど、あんまり無理しないで、たまに気が向いたらここに休憩に来なさい」

「……」

　一体、何を知ってそんなことを言うんだと、思った。

　俺のこと、うちのクラスのこと、矢野のこと。何も知らない癖に、無理をするなって。金曜日の俺の、「気にしないほうがいい」と同じくらい、なんの役にもたたない言葉だ。

　ひょっとしたら、緑川が何かうちのクラスのことについて喋ってるのか？　と思ったけれど、もし喋ってるとしたらそれこそおかしい。うちのクラスの内情を知って、放っておく教師なんてきっといない。いる、のかもしれないけど。

「……失礼しました」

　今度こそ保健室を出て、そういえば緑川はなんで保健室にいたんだろうと思った。どこか体調が悪いのか、それとも能登が言うみたいに、普段無理をしていて休憩をしに来たのか。どっちにしろ、彼女は繊細そうだからすぐ体も心も傷つきそうだと勝手なことを思った。

そして唐突に気になった。緑川は、どうなんだろう。

矢野が置かれている今の現状をどう思っているんだろう。

そりゃあ最初は自分の大切なものをめちゃくちゃにされたんだから、怒っていただろうし、ざまあみろくらいに思っていたかもしれない。でも今はどうなんだろう。あれから、何ヶ月も経った今、もうそろそろ怒りのモチベーションはなくなっているんじゃないか……。

いや……なくなっていたとして、どうなるっていうんだ。

こんなことを考えるなんて、駄目だ。さっきの、夜の時間をどうにかした方がいいのかって気持ちも。井口にあてられている。このままじゃ、俺までクラスのずれてる方だ。それだけは、いけない。

教室に向かう途中の階段で、小さな体を揺らしながら上っている矢野の背中を見つけた。俺は、速足でその横をすり抜けていく。後ろから、「おはよ、う」という声が聞こえたけれど、ちゃんと無視をした。大丈夫だ。大丈夫。

気を引き締めて教室に戻ると、まず笠井に笑われた。「エロいこと考えてんの?」「考えてねえよ」から始まる軽い応酬をして、席に戻る。隣の席の、鼻血にいち早く気がついてくれた工藤が「どうしたの?」と心配してくれた。

「どうもしてないよ」

大丈夫、俺は皆と同じだ。

朝からチョコレート食ったのがまずかったのかも、と、適当なことを言おうとした時、教室に矢野が入って来た。

「おはよ、う」

きちんとした挨拶を、皆が無視をする。矢野はにんまりと笑っている。いつも通り。

それからいつもなら、矢野がクラスの誰かの変化に気づき、一方的に話しかけたり、誰かに舌打ちをされたりしながら席に向かう。

いつもなら、だ。

つまり、今日は違った。

矢野は、てくてくと井口の席に歩み寄っていった。

その様子は、俺にいつかの事件の日を思い出させた。うちのクラスで、仲間意識の意味がちょっとだけ変わってしまった日。いや、変わってしまったんじゃなく本当はずっと今の姿で、俺が気づくのが遅かっただけ。

それに気づいた日のことを思い出させる、足取りだった。

井口は、目の前に立った矢野に対して、あの時の緑川と同じように顔をあげて何も言わなかった。どうしたんだろう、と、思ったろうし、ちょっかいを出すのはやめて、とも思ったかもしれない。俺は後ろの席だから、矢野の不機嫌そうな表情だけしか見えなかった。

視界の端に捉えていた映像。隣の工藤が、俺に目配せをしてきてから、初めて気づいたという風に、二人を視界の中心に捉える。

そこから、何が矢野の目的なのかと、思う間もなかった。

ちょうど、井口の顔の角度が背の低い矢野にちょうどよかったとか、そういうのもあったのかもしれない。

矢野が、いきなり井口の頬をビンタした。

女子が女子を叩いたとは思えない妙に響くビンタの音と、直前に井口が発した「ひっ」って声と、直後に誰かが立ち上がった音と、俺の口からつい漏れてしまった「おい」って音が、全部同時に聞こえた気がした。

そこからは、なんともめちゃくちゃだった。

井口に持っていた鞄をぶつける矢野、「なにすんの！」と矢野を止めようとするさっきまで井口を避けていたはずの女子達、その中で中川の手が矢野の髪の毛をあやまってかわざとか掴んだようで「痛、い！」と矢野の悲鳴があがった。それでも矢野は鞄をぱしっと弱々しく井口にぶつけ、朝練を終えてきた元田が「なんだなんだ」と面白そうに言い、そこに担任が入って来て怒号を響かせ、チャイムが鳴った。全員が引きはがされ、状況説明を求められても、矢野は何も言わなかった。代わりに周りの女子達が、矢野がいきなり井口に殴りかかったという説明をした。それはまったく正しく、誰も他の意見を言わなかったし、矢野も弁明のしようがなかっただろう無言だった。その代わり、何故か笑っていた。いつも通り、にんまり。

俺はその顔を見て、怖い、と思った。

矢野が担任に手を引かれ教室を出ていくと、静かにしろと言われたはずの教室内が爆発した。

「んだあいつ！」

「ふざけんなよっ」

「いぐっちゃん大丈夫？」

「死ねよっ！」

皆が騒ぎ立てる中、とうの井口は、おろおろと状況を飲み込めてない様子で、あたりを見回していた。

俺も、混乱していた。何が起こったんだ。

本人以外真実は知らないだろうけど、矢野がいない間に、うちのクラス内であいつの行動についての大方の予想が出来上がった。

まず、クラスの中心を担っている女子達が実は井口は矢野のノートに落書きをして、それは自分達も一緒にやったことだと言った。

その実際とは少し違う事実をふまえ、恐らく、矢野の行動はその復讐で、普段は出来ない癖に、相手が優しい優しい井口だと分かって腹いせをしたんだろうと皆が予想した。

反論があったとして、自分が何か言ったとは思えないけど、そもそも反論が見当たらなかった。

俺は、自分に責任を感じていた。昨日の夜、犯人が井口だったと伝えてしまったこと。いくら謝罪の想いがあったって、井口が直接謝ったわけじゃないんだから、矢野の中にある恨みが晴れるはずもなかったんだ。だとして、しないと言っていたはずの復讐、今回例外だったのは、やっぱり井口だったからなんじゃないか。

いぐっちゃんはいい子だよ。

矢野はそう言っていたけれど、どうして俺は矢野の言葉を真っすぐに受け取ってしまったのだろう。相手はあの矢野だ。なのに、素直に納得した気になってしまっていた。

皆が、憤っていた。

「落書きされて、いぐっちゃんに暴力とかありえなくない？」

「う、うん。だよな」

隣の工藤に言われて、ひとまず頷く。

頷いてからよく考えてみると、実のところ、工藤の言っていることにあまりピンとこなかったのは、もちろん口に出さない。

工藤と同様、皆は、物へのいたずらの仕返しに、矢野が暴力を振るったことを大きな問題であるように語っていた。

確かに、暴力はいけないことだ。それには俺も心の中で頷く。

だけど、物を汚した行為や壊した行為を、暴力よりも罪が軽いように皆が言っていることに納得するのはなかなか難しかった。

じゃあ、例えば井口の大切なトトロのキーホルダーをちぎればこんなにも糾弾されなかったんだろうか。そんなはずない、大切なものを傷つけた罪で矢野はいじめられているんだから。

ふと、井口が机の横にひっかけている鞄に目をやる。あれ？　っと思った。彼女の鞄に、いつも必ずくっついているはずのトトロがいなかった。

その時、教室の前の扉から一つの影が入ってきた。身構えると、いたのは担任でも矢野でもなく、能登だった。

「それじゃあ挨拶しましょう」

淀みなく放たれた日常再開の合図にクラスがざわつく。

どうやら今日は能登が担任の代わりらしい。笠井が「のんちゃんかよー」とちゃかし、ぎろりと睨まれていた。

皆が落ち着かない中、とりあえずの挨拶を終えてから、能登は自身のメモ帳を開いて今日の連絡事項を説明した。保健室の先生も職員室の朝礼に参加するんだと、初めて知る。一通りの事務連絡を終えると、能登は「一時間目始まるまで静かにね。井口さん、ちょっといい?」と言って井口を連れ去った。

教室の中がさっきまでよりも少し静かな、しかしフラストレーションが積もり積もっていくような異様な雰囲気になる。

一つ、誰も矢野が今までにやられてきたことを担任に打ち明けるんじゃないかという心配をしていなかったことが雰囲気の異様さを増幅させているような気がした。

皆の考えは正しい。矢野に真実を言われたところで、クラス全員が大声で叱られて、まるで道徳の授業のような話がなされて、それで終わりだ。それこそ直接的な暴力はふるってないのだから、処分はない。きっと全員が、それを知ってる。

怒られる叱られるなんて、こっちが悪いと思っていなければなんの意味もない。もっと陰湿になり、見つかりにくいものになり、お前が悪い癖にとひどくなる。敵が見えないそっちの方が厄介だ。

月曜日の一時間目はロングホームルーム、チャイムから、二分ほど遅れて、にんまりとした矢野と、戸惑い気味の井口を連れて担任が帰ってきた。

平たく言うと、一時間目は動揺した生徒を落ち着かせる授業だった。朝の出来事が、二人の間の喧嘩だったことや、お互いに許し合ったこと、今回問題を起こしたのがたまたま二人だったけれど全員が卒業に向かっていく仲間だということを考え、受験にも支障のないように、なんとかかんとか。

残った時間は自習にあてられた。各自、予習ややってこなかった宿題をかたずけるための時間なんだけど、ひそひそひそひそと、誰も自習なんてしていなかったんじゃないか。緑川に至っては、本を読んでいた。

それからのことは誰にだって想像がつくだろう。一時間目が終わって、井口の周りに人が集まった。心配、同情、それから大仰な女子達からの謝罪。

お前ふざけんなよっ！　だなんて、誰も矢野に言わなかった。ただ、休み時間に無言で机を蹴り飛ばされ、授業中に何度も紙屑なんかをぶつけられ、掃除時間が終わると上靴が水浸しになっていた。

頭のおかしい矢野は、それでもなお、にんまりと笑っていた。

帰り際、上靴の踵《かかと》を踏まれ、前のめりにこけた矢野を見て、俺は、また一つ、彼女のことが分からなくなった。

〈月・夜〉

外を歩くと雲の隙間から、月が見えた。月の下を、僕は走った。気はのらなかった。でも、言わないわけにはいかない気がした。このことを訊けるのは自分だけなのではないかという間違った使命感すらあったかもしれない。

僕は、学校に向かった。

「何してんだよ」

教室に着いて開口一番、席について携帯ゲームをしていた様子の矢野さんに言うと、彼女は「来た、んだ」と言ってこっちを見た。

「今日のあれ」

言いながら、スペースのある教室後方に移動し、いつものように体を大きくさせる。

「あれ、って」

「井口さんとのやつ」

問い詰めるように言うと、矢野さんは「お昼の話はし、ないで」ともう聞き飽きたことを言った。

「そんなこと言ってる場合じゃないだろ」

「うっさ、いなあ。あっちー、くんは」

「そっちの方こそ」

「君になんかし、たわけじゃな、いでしょ」

確かにそうだ。

言われてみれば、そうなんだけど。

じゃあ僕は何にこんな、心を動かされているんだろうと改めて考えてみて、すぐに分かった。

「いい子が傷つくのは嫌だって、言ってたのはどこのどいつだよ」

「嫌、だよ」

「じゃあ、なんで」

もう一度訊くと、矢野さんは唇を歪ませた。その顔は、小さな頃に見た大人の表情に似ていた。まるでわがままを言う子供に、困ってしまったというみたいな。

わざとらしく、大きなため息をつくと、矢野さんはその歪んだ唇を開いた。

「いぐっ、ちゃん無視され、なくなったでしょ」

言いたくないことを無理やり言わされたというような雰囲気たっぷりに矢野さんはもう一度、携帯ゲームを始めた。

彼女の言葉を、牙で噛み砕いた僕は、自分から訊いたくせに、言葉を用意することが出来なかった。まるで天変地異が起こったような、気分だった。起こったこと、ないんだけど。

「お昼の話終わ、りぃ」

「え」

「曇って、るけど雨やん、だね。何し、よう」

ゲームオーバーっぽい音がなると矢野さんは携帯をポケットにしまって窓の外を見た。僕もつられて見て、向こうの校舎で何かが動いた気がして慌てたけれど、よく見ると雲が動いて月で照らされた部分が変わっただけだった。

僕は戸惑っていた。矢野さんの言葉に。

説明された行動の意味に。

だって、それは、おかしいだろ。

「ノートに落書きしたの、井口さんなんだって」

「聞い、たよ。君は同じこと何度も言、うね」

「それに無視はしてたわけだし」

理解が出来なかった。確かに、井口さんはいい子だ。でもそれは、仲間意識の囲いの中にいる僕たちにとっては、の話だ。言ったように、矢野さんは、この数ヶ月彼女に無視をされ続けてきたろうし、分かってるはずだ、消しゴムを拾った瞬間の井口さんが動揺したこと。つまりというか彼女は、あの距離あのタイミングでなければ、拾うつもりじゃなかったんだ。

言わばその程度の優しさの身代わりに、自分がなったって言うのか。

「理解できないっ」

「あっちー、くんは同じ、ことを何度も言、うし、自分の言、ったことを忘れ、てる」

「何が」

「不思議は不、思議なままで不思、議なんで、しょ」

「それは井口さんが言ったんだよ」

全身の黒い粒がざわめく。苛立ちが原因でも悪寒が原因でもない、見たことのない形や色のものを見た時と同じ、自分の心が受け入れ方を知らない、居心地の悪さのようなものを感じた。

「そ、それでいいの？」

「何、が？」

「だって……」

前よりずっと状況が悪くなった、だなんて、僕が言っていいのか迷った。

僕の言葉に出来なかった迷いを、矢野さんはどう思ったのか分からないけど、にんまりと笑った。

「分かんな、い」

それは、僕の質問の意味が分からないという意味だったのか。それとも、自分でも行動が正しかったか分からないという意味だったのか。

前者だったらいい。前者だったら、やっぱりこの子は、人の会話の流れも分からず、空気の読めないおかしな奴だってことになる。

でも、もしも、後者だとしたらと想像し、怖くなった。

僕は彼女を、自分達の想像もつかない思考回路で動く、おかしな人間だと思って生活してきた。無視されても話しかけるのをやめず、いじめられてもにんまりと笑い、毎日を楽しそうに過ごす。朝登校してきていきなり、クラスメイトに暴力を振るう。

極端な考え方を持った、頭のおかしな奴。

そんな奴だから、彼女のおかれている状況をしょうがないと思えた。

でもひょっとしたら彼女が、必死に自分なりに考えて行動し、生きているんだとしたら、どうだ。

土日に、悩みに悩みぬいた末、自分に巻き込まれてひどい目にあってるクラスメイトを、助けてあげようとしたとしたら、どうだ。

ふと、ひょっとして緑川さんとのあれも、何か理由があって、矢野さんなりの考えがあってやったことだったのかと、気になったけれど、訊くことはしなかった。もし訊いてしまって、納得せざるを得ないような理由があったら、あのクラスに、正当性という逃げ場所がなくなってしまう。

僕は無理やり、首を振って思考を切った。そんなわけない。

もし彼女が普通の人だとしたら、こんな日々に、にんまりと笑っていられるはずがない。しかもその日々を、自分を好きなわけでもないクラスメイトの為に、悪化させるなんて。大体、ビンタなんてしなくても、もっといろんな方法があったはずだ。

やっぱり、この子は、自分達とはまるで違う考え方でもって生きている。そうに決まってる。

同じ音楽グループが好きなことも、ジャンプを読んでいることも、金曜ロードショーを楽しみにしていることも、関係ないはずだ。

僕はもう、彼女に、井口さんのことについて言及するのをやめることにした。

どうせどれだけ話しても、自分に、状況を動かすことなんて出来ないんだから、無駄だ。

代わりに、解決できるかもしれない問題について話し合うことにする。

どう考えたって、そっちの方が建設的だった。

「そ、そういえば、もう一個、矢野さんと話したいことがあって来たんだ」

矢野さんは僕にいぶかしげな目を向けた。

「またお昼の話じゃ、ないな、ら」

「違う、と思う。実は、僕が学校に入ってくるのをクラスの奴に見られたみたいで、忍び込んで捕まえるって言ってるらしい」

「うわ間抜、けだ、ね」

「ホントだよ、化け物を捕まえるとか」

「いやあっちー、くんが」

僕が八つの目できつめに見ると、矢野さんはあはっと笑った。

もう見慣れて、むしろ人間の目よりコミカルに見えるのかもしれない。

「それはや、だね」

「……だろ？　それでここに簡単に忍び込めるのもばれちゃったみたいで」

「夜休みがばれ、たんだ」

「それは知らないけど、あいつらが飽きるまで来ないことにしても、あいつらのたまり場になったら、意味ないだろ」

「あっちー、くんが校門で追い払、ったら？」

「僕が先に来てて待ちかまえられるならいいけど、化け物になる時間は毎日分かんないんだよ」

すっかり自分が協力する前提になっていることは考えないようにした。今は夜だ。誰に見られるでもない。

矢野さんは腕を組んで、「むう」と唸った。

「夜休、み以外の時間だ、ったら警備員さん達がとっ捕まえ、るから大丈夫だ、けどね。夜休、みに来、たら学校の中でもう二度と忍び込、もうなんて思、わないようにし、ないといけない」

「まあそうかな。学校の外で脅しても、忍び込まないようには出来ないし」

「いひひひひ、ひ」

突然気持ちの悪い笑い方を矢野さんがし始めた。

「どうしたの」

「いやねあっちー、くんがここを守、ろうとしてくれ、てるの嬉し、いよ」

僕がせっかくその事実を無視したのに、改めて言われて、恥ずかしくなった。

そんなんじゃない。

ただ、化け物の僕になら退けられるかもしれないからだ。

もしかして僕は昼の罪滅ぼしをしようとしているのだろうかと、またおかしなことを思った。

「まあ、だからもし、なんか情報を手に入れたら、その日は矢野さんは来ないようにした方がいい」

「どうやっ、て共有、するの？」

「それは……」

決行当日に知ってしまえば、共有の暇はない。さっき言ったみたいに、僕は毎晩、何時に化け物になるか決まっていないのだ。お昼は、話せない。

「それに、さ」

「うん」

「どうするの。もし、今日、だったら」

まさかそんなこと、と、僕が言おうとした時、まるで矢野さんが言うのを狙いすましたかのようなタイミングだった。

窓の外から、大きなベルのような音が聞こえた。

警報音。体が震えるのが分かった。やっぱり僕は音に弱い。僕らは目を見合わせ、すぐにそれぞれ身をかがませた。ついに見つかったと、そう思った。それにしてもいきなり警報ベルって。あたふたと八つの目を白黒させながら矢野さんと一緒にほふく前進のような体勢でドアに向かっていると、途中で、ベルがやんだ。すると、すぐさま矢野さんがこっちに振りむいた。

「変じゃな、い？」

声を潜めて「何が?」と訊くと、矢野さんは立ち上がった。

「夜休、みなんだから、警備員さんは何も言、わないはずたまた、ま来、た知らない先生に見つか、ったはずだと思っ、たの。だけど、あっちの棟だけ警報音鳴、ったりする? それに、音が小さ、い」

わたわたと喋る矢野さん。言われてみれば夜休みの部分以外は確かにその通りだと思い、僕はシャドーを作って中庭に飛び出させる。そこにはもちろん誰もいなかった。向かいの棟内に侵入させ、慎重に見て回るも、誰もいない。警備員室に灯りはついていたけれど、特に何かが起こった様子もなかった。外に出て、グラウンドを眺め、校門側へと回る。

そこで、シャドーの目に動くものが映った。

一瞬だった。校門を通り抜けているのが人だと認識した途端、そいつの姿が見えなくなった。慌てて追いかけ、校門を通る、と、シャドーからの情報が一切僕に届かなくなる。

「どうした、の?」

「シャドーが、消えちゃった」

「あれのことシャドーって呼ん、でるの? はず、いね」

「いいだろ別にっ。そんなことより、人がいた」

「誰?」

誰、だろう。ジャージを着ていて、髪は長くなくて、身長は低めだった気がする。何しろ、一瞬だった。その情報を伝えると、矢野さんは椅子に座って、うーんと唸った。

「もしさっき、の音を警備員さんや先生が鳴らし、たなら、学校外の人だ、ね」

「いや、多分うちの学校のジャージ着てた」

「そうだったら夜休、みなんだから、自分が持って、る目覚まし時計あたりを鳴らし、ちゃった相当な馬鹿だと思、う」

毎日学校に忍び込んでる自分の馬鹿さ加減を棚にあげ、彼女は呆れかえるように言った。馬鹿と聞いて、ひょっとしたら元田達のうちの誰かだったのだろうかと思った。一人、偵察に来たのかも。それかまだ、他にも学校内に潜んでいる奴がいるとか。

心配性の僕は、もう一度シャ、分身を出して二つの棟内を見て回った。けれど結局、警備員さん達以外には誰も見つけられなかった。

「シャドーで何、か見つか、った？」

「……いや、何も」

女の子にいじられている化け物って、なんなんだ。

逃げたのが誰だったのか今のところはなんの情報も得られなかったので、僕は警戒を続けながら、ひとまずは、先に矢野さんと元田達への対策について話し合った。

しかし、何か特別な作戦を思いつくこともなく、結局、奴らが夜休みに来たら僕と分身で追い詰めて、火で脅すというなんだか猛獣狩りをする部族のようなやり方で話し合いは終了した。話し合いと言っても、アイデアを出す僕に矢野さんが馬鹿みたいな茶々を入れるだけだったけど。

途中でつい思い余って、

「矢野さんの為にやるんだよ?」

と忠告すると矢野さんから、

「恩着、せがまし、いね」

と返って来て、普通にむっとした。

今日も、夜休みの終わりを告げる、チャイムが鳴った。

「じゃあ、帰ろう」

僕が体を小さくして立ち上がると、矢野さんも立って、それからこっちをじっと見た。

「どうしたの?」

「……また、明日も来てくれ、る?」

その問いを受けたのは、久しぶりだった。

どうして今日、その問いをもう一度僕にしてきたのか考えようとして、すぐにやめた。

「あいつらが突然来るかもしれないから、僕も来るよ。僕がいないうちは、どこかに隠れてて」

理由があって、本当によかったと思った。

矢野さんにも、夜休みが壊されるかもしれない以上の不安なんてないはずだった。

別れ際、僕は明日からのことを思って不安になって、手を振る彼女の顔を見られなかった。


〈火・昼〉

そもそもの話になるんだけど、人間だろうが化け物だろうが、昼だろうが夜だろうが、良い奴だろうが悪い奴だろうが、誰かが嫌なことをされるのなんて別に見たくない。

だから今日からの学校生活は、嫌なものになると分かっていた。斜め前方にいるクラスメイトがいつもよりもひどいことをされている様子を、見続けなければならない。もちろん不快感なんて、誰にもばれないように、だ。

そう思って覚悟を作ってきたのに、俺が教室で時間を過ごすために作った覚悟は、現実に飛び越えられてしまった。

現実は、俺が考えていた嫌よりも、幾分か悪かった。

登校し、教室に辿り着くと、いつもと様子が違った。まず既に元田が来ていた。それはまあい い、顧問の都合で朝練がなくなりでもしたんだろう。

気になったのは一つの机を、女子達が取り囲んでいたことだ。あそこは、中川の席だ。何かあったのか、社交辞令の意味も込めて、ちらりと覗くと、席に座って、中川が泣いていた。

最初は、彼氏と別れでもしたのかと思った。中川は顔も性格も派手で、うちのクラスの男どもからも人気がある。色恋沙汰に悩むこともあるんだろう。泣きぬれていたその顔は、先日、ゴキブリを見るような目を井口に向けていた時とは、大違いだった。

そんな平和なことじゃないと、ようやく分かったのは、矢野が登校してきた時だ。

毎日そうであるように、彼女は「おはよ、う」と言って教室に入ってくる。昨日はおかしなことが起こったものの、基本的に誰からの返事もない、誰からの反応もない中、自分の席に向かうというのが彼女の習慣だ。

今日も、矢野はその自分自身の習慣に従った。違ったのは、矢野以外。

教室前方にある中川の席。矢野が横を通り過ぎ去ろうとすると、その場にいた元田が振り向き、空のペットボトルで彼女の後頭部を叩いた。

「おいっ」

昨日のビンタに比べれば、随分と軽い音と声だったのに、クラスの全員が動きを止めて、二人を見た。

予期せぬ衝撃と声を受け、矢野も驚いた顔をして無言で振り向く。俺達だって驚いた。これまで元田が矢野に数々の仕打ちをしていることは皆が知っていた、でも、元田含め誰も矢野に接触しようとした奴はいなかったからだ。

随分な身長差、このクラス内の関係を知らなくても、どちらがどちらを威圧しているのか一目瞭然だ。

一体、どうなるのか、緊張した空気の中、口を開いたのは続けて元田だった。

「お前だろ」

元田の発言の意味が俺には分からない。矢野も意味が分からなかったらしく首を傾げた。

「何が、ぁ?」

矢野のその間延びした声は、人の苛立ちを煽《あお》る。

「お前が、中川の上靴ボロボロにしたんだろ、中庭に捨てやがって。昨日の仕返しかよ」

そんなことがあったのかと、俺は自分の席からこっそり中川の足元をチラ見して、彼女が茶色いスリッパを履いていることにようやく気付いた。

「ふざけんなよっ」

語気を強める元田の内にあるものは中川のための正義感なんかじゃない。

実は嫌悪でもなくて、相手を傷つけたいだけの残虐な気持ちであることに皆も気づいているかもしれないけど、そんなことはこのクラスではどうでもいいことだった。

「………」

矢野に、忠告出来るものなら、してやりたかった。昨日の夜にしておけばよかったのかもしれない。

こういうことを言われた時、どういう表情をするのが正解なのか。

首を横に振って、弱々しく否定し、緊張した顔を浮かべておけばいい。そうすれば、相手だって確証があって言っているわけじゃない場合が多いんだから、一端落ち着くんだ。

なのになんで、そんな顔をしちゃうんだよ。

「知らな、いよ」

矢野は、にんまりと笑ってきっぱりと容疑を否定した。

「ああ?」

「知ぃらぁなぁ、い」

相手に聞こえなかったとでも思ったのか、もう一度、一文字一文字を間延びさせて同じことを言うと、矢野はにんまり笑った顔のまま、背を向けて席へと向かった。

ひょっとして彼女は、笑顔がこの世界で通用する、相手と友好的な関係を作る為の必殺技だとでも思っているのか。笑っていれば、笑顔でいれば、きっと仲良くなれるはずだなんて、ずれきったことを考えているんじゃないか。

だったら、教えてあげたい。違う。笑顔なんて、望んでない相手から向けられても、心をさか撫でされるだけなんだ。

そんな、顔をするからっ。

「ニヤニヤしてんじゃねえぞ」

元田は、黒板の端に置いてあった四角い黒板消しを手に取った。

「気持ちわりいんだよ、〇〇〇」

そして躊躇《ちゅうちょ》なく、黒板消しを矢野に向かって投げつけた。運よく柔らかい方が矢野の後頭部に当たって床に落ちると、近くの奴らがまるで虫の死体でも飛んで来たかのように避けた。矢野に、触れたものだからだ。

矢野は「たーっ」と言って頭を押さえはしたけれど、やっぱりにんまりと笑ったまま席についた。

その顔を見て、僕はまた怖くなる。

どうして、こんな状況で笑ってられるんだろう。

ひょっとして、矢野なりの意地か何かなんだろうか。

その朝は、矢野への追及はそれ以上にはなかった。担任が来るまで泣きやむことのなかった中川の上靴の問題はクラスで取り上げられたけれど、犯人が見つかることもなく、中川は来客用のスリッパで一日を過ごすことになった。

床に落ちていた黒板消しは、「誰だ、元の場所に置いとけ」と適当な注意をしながら担任が拾った。

それを見ながら俺は、矢野にぶつけられた口にするのもはばかられるようなひどい言葉は、どこに落ちていて誰が拾ってくれるんだろうと、そんなことを思った。


教室内では、中川の一件は矢野がやったんだ、という意見にまとまりを見せていた。もちろん事実を俺は知らない。だから、肯定も否定もしなかった。追随だけ、した。

体育の時間、体育館でコートを半分に分けたネットの向こう、中川とその周りの女子達が矢野に何度も思い切りボールをぶつけていたことや、井口が状況に戸惑って見えたことなんて、考えたところでどうにもならない。

もっと、役に立つことを考えよう。

「そういや、元田達、マジで怪獣捕まえんの？」

昼休みに昼食を食べ終え、皆でグラウンドに向かう途中、笠井と二人でトイレに寄った時、手を洗いながらたった今偶然思い出したというように訊いてみた。元田本人は、部活までの英気を養っているのか教室で寝ている。

笠井は、楽しそうに笑った。

「あれな、やるっつってるけど、馬鹿だぜっ。ただでさえ、野球部の一年がよそで喧嘩して問題起こしてんのに、あははっ」

問題？　それは初耳だった。

「そんで朝練なくなったつってあいつ喜んでたけどさ、これであいつが問題起こして試合出れなくなったら……まあ、残念ながら笑えるよなっ」

笠井は、声を潜めて笑いながら俺の肩をパシパシと叩く。なるほど、あいつが早くからいたのにはそんな理由があったんだ。それは、災難だったな。矢野にとって。

「いつやるわけ？」

「さあ、知らね。怪獣なんて、いるわけねえし」

なんだそりゃ、と笠井から情報を得られなかったことにがっかりしたものの、よく考えてみればこの態度が普通なんだよなと、自分がずれていることを思い出した。

「なに、あっちーそんな興味あんの？　あっちーまで捕まんなよぉ」

「学校に忍び込んだりしねえよ」

「真面目だからなぁ」

「そうだよ、笠井じゃねえんだから」

「はぁ？」

そこで、急に、笠井の表情が険しくなった。

たまにあるのだ。

ごくたまにだけど笠井は俺がいじると、急に不機嫌な顔になることがある。誰にだって不機嫌を表す時くらいあるんだろうけど、いつも軽く笑っている笠井のその顔は、俺を、緊張させる。

「いや……」

「……あははっ、なんだよあっちーマジになんなよー」

こわばりが伝わってしまい、それが面白かったのだろう、笠井は前よりも大きく笑って俺の肩を叩いた。俺は、安心する。

とは言え、笠井の機嫌を治すのにずっと適任な奴が、トイレを出たところにたまたまいた。タイミングがいい、俺にとっても笠井にとっても。いつも弁当を食べているイメージだけど、ジュースでも買いに行くんだろうか。緑川が、食堂の方に向かって歩いていた。

「お！　緑川、売店？」

元気な声で笠井が後ろから声をかけたのに、緑川は驚く様子もなくゆっくりと振り返って「うん」と頷いた。

普通の相手なら、ここから「笠井くん達は？」くらい言ってくれるのかもしれないけど、緑川相手にそれを待っていたら、日が暮れてしまう。笠井もそれを分かっているのか、それともただ長く話したいだけか、いつもより少し高い声で自分のターンを続けた。

「そういえば、緑川、知ってる？　最近、ここらへんに怪獣が出るっていう話」

緑川は何も言わず、首を傾げた。否定の意味だ。時々、この子は本当に「うん」以外の言葉を喋れないいんじゃないかと思う時があるけど、授業であてられた時はちゃんと答えているので、今後笠井の望み通りの関係になったとしてもそこは大丈夫。

「夜になったら、怪獣が出るんだってさ。信じらんねえよな」

「うん」

「でも、何人も見たことあるって奴がいんだよ。緑川ってそういうの興味ある？」

「うん」

「え、マジで、ちょっと意外、あははっ。じゃあまたなんか分かったら伝えるよ」

「うん」

「あ、じゃあ、俺らサッカーしに行くから、ごめんな、売店行くの邪魔して」

「うん」

邪魔だった、という意味だろうか。緑川は頷くと、それで会話は終わったと判断したみたいで何も言わずに、背を向けて行ってしまった。だいぶ失礼な気もするけど、笠井は嬉しそうににこにこしているので、よかったんだろう。

すっかり機嫌がよくなった笠井と連れ立って、ようやく昇降口に向かう。他の奴らはもうサッカーを始めてるはずだ。「早く行こうぜ」と自分が寄り道をしたくせに調子のいい笠井につられて、速足で辿り着くと、俺達のクラスに割り振られた靴箱の場所には、先客がいた。

彼女はこちらに気付いて驚いた様子だった。

「お、中川、外行くの珍しい」

言いながら既に手前にある自分の靴箱の蓋を開けていた笠井は、中川が手に持っていたものなんて見ていなかったのかもしれない。先に彼女がここにいる理由に気付いたのが俺だったことに関係があったのか分からないけれど、中川と目がばっちりあって、俺はつい目をそらしてしまった。

「笠井とあっちー、サッカー？」

中川が特に気にした様子もなく、会話を始めてくれたことは助かった。

「おう、中川も？」

運動靴をせっせと履きながら、中川の方を見た笠井はそこでようやく彼女が手に持っていたものに気がついたらしい。

「うぇ、怖っ！」

「あははは」

その手にあったのは、カッターと雑巾ごしに握られた運動靴。

「仕返ししようと思ってぇ」

猫撫で声で、中川は笠井を見てから、俺を見た。今度はきちんと目をそらさず、きちんと「ああ」と相槌を打つことが出来た。

「あいつのな」

「そうそうそう」

俺の補足に、中川は喜ぶ。気分は、王子の前で民衆に功績を称えられたお姫様って感じか。

犯人は矢野だと、はっきりしたのかな。

中川やクラスにとってどうでもいい疑問を俺が頭に浮かべると、笠井が、「へえ」と感心したような声を出した。中川の目が、すぐ俺から彼にうつる。

「はっきりしたんだ」

「え？」

「あいつが中川の上靴をやったってはっきりしたんだろ？」

俺には出来ない、笠井の純粋な質問に、中川は唇を尖らせた。

「証拠はないけど、決まってんじゃん」

証拠だなんて、まるでこの間の探偵ごっこみたいだ。

井口のこともあったから、決めつけられたっておかしくないと俺も思っていたんだけど、笠井はそうは考えていなかったみたいだった。

「じゃあ、まだじゃね？」

笠井の答えが、中川には意外だったんだと思う。俺にとっても意外だった。直接的になんにもしないにしろ、笠井は矢野を心底嫌っているはずだからだ。他の奴らと違うのは、変な道徳心や仲間意識、正義感で嫌っているわけじゃなく、自分の好きなものを傷つけられたという単純な感情で怒っているという点だ。だから、周りが何をしているかということには無関心なのだと思っていた。

まさかクラスメイトから、しかも笠井から、矢野に対する行動を注意されるなんて思っていなかったんだろう。中川は、「そ、そっか、そうだね」と呟き口元で笑うと、矢野の靴をその場に落として、俺らの間をすり抜けて行ってしまった。

間が悪かったな、そんなことを思って彼女の背中を見た。

「んじゃ、行こうぜぇ」

「うん」

俺は笠井の背中についていきながら、こっそり感謝をしていた。それは、矢野の靴が無事で済んだことに対してじゃない。中川を追い払ってくれたことに対してだ。

実は、中川のことが前から苦手だった。彼女は、自分の顔の派手さに自負があるからなのか、なんなのか、自分より劣っているとみなした人を傷つけることを怖がらない人間だ。

クラス一丸となった矢野への嫌悪が、表に出る前から、中川は好きでもない矢野に猫撫で声で近づいて会話をしては、その会話をネタにして仲のいい女子達と笑っていた。標的にされていたのは矢野だけじゃない、井口や、他の気の弱いクラスメイトのことも彼女は笑いものにしてた。

笠井のことをよく思っている中川が、傷ついていればいいと思った。自身の考えの浅さか、モラルの無さか、いっそ注意されたってことに対してだけでもいいから、傷ついてくれていればいいと思った。

虚勢を張っていたけれど、目が揺れていた中川の顔を思い出し、胸の内が少し軽くなるのを感じた。

同時に、皆が、誰かが傷つくことを願ってるなんて馬鹿みたいだとも思った。

軽くて感情的でもきちんと分別のある笠井の願いが届けばいいなと、俺は緑川にあとほんの少しのコミュニケーション能力を願った。

この日はこれ以上、大それた何かが起こることもなく終了した。

あったのは、矢野が授業中に消しカスを投げつけられていたことと、なくなっていた高尾の自転車が近くの川で見つかったことくらいだった。


〈火・夜〉


化け物になるやいなや、急いで学校へと向かった。元田達がいつ来るか分からない以上、もちろん今日ということだってありうるわけだ。深夜の学校に、男数人と女子一人、いじめとか以前に事件になりそうだ。

そこに化け物が加わったら事件どころじゃないんじゃないかと思いながら、教室に着くも、まだ矢野さんは来ていなかった。

おかしいな、もう彼女が夜休みと呼んでる時間のはずなのに。

ひょっとして今日のことで落ち込んで学校なんかに来たくなくなったんだろうか。考えたら、それが普通だ。井口さんのことはともかく、やったかどうか確証のないことの犯人と決めつけられ、責められて、誰も拾ってくれやしないひどい言葉を投げつけら——

「わあっ！」

「どわああ！」

いつも通り、教室の後方で座っていた僕は、後ろから突然の大きな音に襲われ、叫び声をあげてしまう。同時に、いつかのように全身の黒い粒が飛びあがり、近くの椅子達を倒した。椅子と床の激突音に重なって、掃除道具箱の閉まる音が聞こえた。

どうにか心臓と全身を落ち着けてから、僕は掃除道具箱をにらみつける。

「おいっ」

声をかけてから数秒後、音をたててあいた蓋の向こうに、くくくくくっと目を三日月にして笑う矢野さんがいた。

毎夜毎夜のことなんだけど、僕は彼女にイラつく。ちょっと心配してたっていうのに。

「もしかしたら今日、あいつらが来るかもっていうのに、やめろよなっ」

「能登先生の誕、生日がいつか知、ってる？」

「あのさぁ……」

いい加減真剣に注意した方がいいかと考えたけど、やめた。人の話を聞かないってのはきっと彼女がこれまでの十数年で培ってきた悪い癖なんだろう。僕が注意したところでどうにもならないのは目に見えていた。

しかし、なんでまた能登先生の誕生日なんて。

「知らないけど、なんで」

「来週な、んだよ」

「先生の誕生日なんてどこで知ったの」

「前に訊い、たの。三十、三歳」

二つのことに驚いた。一つは、能登先生が三十三歳だということ。笠井は三十くらいだろうと言っていたけれど、完全にまだ二十代だと思っていた。僕だけじゃないはず、だからこそ生徒達からのんちゃんなんて気安く呼ばれているのだ。

もう一つは、矢野さんが能登先生と誕生日の話をするくらい仲がいいということだ。先生が言っていたように、矢野さんは疲れた時に保健室に逃げ込んだりしているんだろうか。

疲れる、なんて次元の話じゃない気がするけど。

矢野さんはゆらりと掃除道具箱から出てきて自分の席に座った。二人、いつもの定位置だ。

「プレゼントを渡、そうと思、っているの」

「マジで？」

教師に誕生日プレゼントだなんて、驚いたけれど、そういえばバレンタインに若い男性教師にチョコレートを渡してた女子もいたことを思い出した。だから変じゃないんだけど、矢野さんがそれをすると考えると、大きな違和感があった。

「まあ、渡せばいいんじゃない？」

「プレゼントは自分の好き、なものを押し付け、る？　それとも相手の好、きなものをあげ、る？　どっち派？」

「困らせない妥当なものを用意する派」

「妥当と適、当は違、う?」

どうだろうと考えて大きな首を横に振った。

「違うよ。相手がどう思うのかもちゃんと考えて、ある程度の人が少しは喜んでくれそうなものを選ぶのが妥当だろ」

「ふーん色々考え、て生きて、て大変だ」

君は色々考えてなくて生きてて大変だ、と思ったけど、もちろんそんな踏み込んだこと言わなかった。

「もっと簡単に生き、ていくようにした、いね」

「矢野さんは……もうちょっと、考えた方がいいんじゃない?」

これくらいの注意が、まさしく妥当だと思う。

「あっちー、くんみたいに大変にな、る」

「……別に、僕は、大変じゃないよ」

君と違って、という意味だった。

「大丈、夫だよ、あっちー、くん、心配し、ないで」

大変じゃないって言ってるのに、人の話を聞きもしないで。

必要のない慰めは、時々癇《かん》に障る。

ちょっとだけ嫌そうな顔をしたつもりだったけど、矢野さんは続けた。

「能登先生が言っ、てたの」

「何を？」

一応訊いてあげると、矢野さんは椅子に座ったまま、僕に向けて胸を張った。ひょっとして、能登先生の物まねか何かだろうか。

「難し、いことはい、い。生き延び、なさい。大人にな、ったらちょっとは自由になれ、る」

「……」

「ど、う？　感動、した？　どう？」

きゃっきゃとはしゃぐ矢野さんは、どうやら僕の沈黙を感動と見たみたいだった。感動の催促なんてされたら興ざめだとか、そういうことも思ったんだけど。

沈黙じゃない。僕は、絶句していた。

矢野さんが得意げに披露した、その言葉が教えてくれたことに。

能登先生は、矢野さんの現状を知っているんだ。

矢野さんにそんなことを言うなんて。

何があって、クラスでどういう扱いを受けていて、どういう学校生活を過ごしているか、知ってるってことだ。

知ってるなら、どうしてなんとかしてやらない。そんな分かったような言葉だけ渡して、どうして救い出してあげない。教師だろ、大人だろ。

全身が、ざわついた。

「どうし、たの？」

「いや……」

　本当は、分かっている。理解してる。

　能登先生も分かっているから、手を出せないんだろう。

　教室という空間で、クラスという空間で、仲間意識という空間で、教師や大人がどれだけ部外者かってこと。中にいる僕達が一番よく分かっていた。

　外からは、何も出来ない。何かしたら、余計《よけい》に悪化するかもしれない。

「お腹空い、た？」

「いや、よく考えたら、能登先生がそれ言ってたのってお昼の話じゃないの？」

　化け物の口でにやつきを作って、いつもの仕返しだというふうに見せた。本当に彼女にダメージを与えてやろうという気はなかった。どうせ、いつもと同じように矢野さんの謎理論で逃げられるんだろうし、もしくは聞いてないふりをされて話題がうつるかするだろうと思った。沈黙を誤魔化《ごまか》すためだったので、どちらでもよかった。

　ところが。

「お昼の話じゃ、ないからいい、の」

「……どういうこと？」

「机達起こ、してあげようよ、あっちー、くんが倒し、たんだから。かわいそう」

　今夜もやっぱり会話をする気のない矢野さんに、先に誤魔化そうとした僕は何も言えず黙って机を起こした。どんくさい矢野さんも机を起こそうとし、何度も手を滑らせて床にもう一度机を衝突させていた。そっちの方が可哀想だろ。

「気を付けてよ、その音で見つかったらどうするの」

「誰に？」

「警備員さんとか、あいつらが来た時とか」

「来襲、者には見つかっ、た方がい、いんじゃない？」

来週？　と十秒考えて、来襲者とようやく脳内変換出来た。来襲者って、それこそ怪獣あたりに使う言葉だ。

「見つかった方がいいって？」

「あっちー、くんが追い払え、ないから」

「あ、そうか、ちゃんと追い払わないと、居座られたら困る」

「そだよ、当た、り前じゃん」

なんだこいつ。

喉まで出かけた文句をグッと飲み込み、矢野さんの言うことは間違っていないので、来襲者達への正しい対処法を考える。

「じゃあ、校門に分身を置いといて」

「シャドーね、シャ、ドー」

「……………来たら、校舎の中までおびき寄せて、脅すことにしよう」

「そうしよ、う」

早速、僕は分身を用意して校門へと向かわせた。彼は、大きさを変えることも出来ないし、火を吐くことも出来ないようだった。しかもどうやら、学校外に出たら消えてしまう。最初に作った時、学校内でと考えてしまったからだろうか。

「そうい、えば昨日のあれ、誰か分かっ、たの？」

唐突に言うものだから、矢野さんの指し示すあれに思い当たるのに時間がいった。

「中庭で目覚まし鳴らした奴な」

「クラ、スの馬鹿な子かも、ね」

矢野さんがどうしてそう思ったのか考えて、思い出したことがあった。思い出したくて思い出したわけじゃないけど。

「中川さんの上靴、中庭に捨ててあったって言ってた。昨日の奴が落としたのかな」

「お昼のこ、とは」

「捨てたのは夜のうちかもしれないだろ」

初めて反論を試みると納得したのか矢野さんは黙った。直後の「証拠、は？」という小学生みたいな質問はもちろん無視した。

「うちのクラスだったら、誰だろう」

「ゆりこ、ちゃんを嫌、いな人」

ゆりこちゃんというのは中川のことだ。彼女を嫌いな人なんて、一人の人間がすぐに浮かんだ。

化け物ではなく、人間が。

「あっちー、くんの、推理は？」

推理、というほどのものではないんだけど、僕自身じゃないとして、昨日見た後ろ姿から考えてみるしかなかった。矢野さんほどじゃないにしても、低い身長と、肩から下には垂れていなかった髪の毛。

「男だと、笠井とか……」

「女子かも、よ」

「あれくらいの身長で、髪短い女子ってうちのクラスだといないし」

「短くし、たのかも。まあじゃあ、あっちー、くんの推理は笠井、くんなん、だ」

「んー、でもあいつがやるわけないしな」

「どうし、て？」

「んなことする奴じゃない」

僕は、笠井のことをよく知らないはずの矢野さんに、彼が無邪気ないい奴だという説明を試みた。もちろん中川さんがやろうとしたことや、緑川さんへの想いはバレバレとは言え一応伏せて。

笠井が特に危害を加えてこないことには、矢野さんだって気づいているだろうから、僕の持つ笠井のイメージに納得するだろう。

僕が一通りの意見を言うと、矢野さんは「ふー、ん」と息をついた。

「彼は本、当にうまいよ、ね」

うまい、その言葉の意味がよく分からなかった。

「頭もい、い」

「あいつ成績めちゃくちゃ悪いよ。普段からあんまりなにも考えてないし」

「そんな風、に思って、るんだ彼のこ、と」

見る目がない、そう続きそうな矢野さんの言い方は不満だった。

笠井のことなんて、何も知らない癖に。

矢野さんはこんなことも言った。

「きっと彼に、は好き、な人なんて一生出来、ないって思、う」

ほら、何も分かってないじゃないか。

「あっちー、くんと違、ってね」

「……いや、マジで誰なんだろうな？」

「あれいぐっ、ちゃんでしょ好き、な人」

恋バナになんて全く興味のない僕は、急遽思いついたので、矢野さんに「夜の図書室でも行ってみようか」と提案した。奴らが急に来ても、隠れるところもたくさんありそうだし、ここからならすぐに辿り着く。暇つぶしにはいいと思ったから提案したんだけど、返って来た言葉は「へったく、そだなあ」だった。

「君に言われたくない」

ついに口に出てしまった文句に、矢野さんは「褒め言葉だ、よ」と言った。どこがだ、何がだ。

そうは言いながらも、結局二人で図書室に向かうことにした。教室を出る時の手順はいつも通り、僕が鍵を開けて、閉める。

「工藤ちゃんか、と思って、たんだけどな」

廊下を歩いている途中、矢野さんが相変わらず無神経な声の大きさで言った。

「あいつは、そういうのじゃないよ」

「ふー、ん。やっぱ、り下手くそ、だ」

言われてようやくかまをかけられたのだと思い、よく考えたら自分で墓穴を掘っただけだと気がついて落ち込んだ。矢野さんの思う壺ですらない。

図書室に近づくと、矢野さんは楽しそうに駆け込んでいった。自己嫌悪に襲われていた僕はゆっくりと後に続く。

久しぶりの図書室は、保健室と同じく、学校内の他のどの部分とも違う匂いがした。夜の静けさと混ざり、特別な雰囲気が僕の心をふわりと持ち上げてくれた。

たまにここに来ると、いつも否応なく一人のクラスメイトのことを考えてしまうけど、話題には出さなかった。お昼の話題だったからってことにしておく。

「あ、ハリー・ポッ、ター」

矢野さんが指さした場所に、目立つ様子でハリー・ポッターが陳列してあった。ハリー・ポッターを読むということが、ずれたことじゃないと証明されたようでなんだかほっとする。

矢野さんは図書室内をうろちょろうろちょろとした。僕は、途中から追いかけるのが面倒になって、入り口近くで待機することにした。誰か来ても、脅して帰ってもらえばいい。

校門にいる分身の目は、今のところ誰も捉えてはいなかった。

どうやら今日はこのまま平穏に夜が過ぎそうだ。夜くらい、誰にだって平穏があっていい。

僕は暗い図書室の中で、じっと、まるで夜の一部になったような気分でいた。

やがて、図書室の端っこの方からチャイムの音が聞こえて、矢野さんが本棚の隙間から顔をのぞかせ、こっちに戻って来た。

「読みた、い本な、かった」

「本読まないいんじゃなかったの?」

「うんでもあっちー、くんが面白いのもあ、るって言、うから」

顔には出さなかったけど、驚いた。あんな口をついて出た言葉を覚えていたなんて。そして、それを真に受けるなんて。

「だけど字ばっ、かりで面白、そうなのな、かったよ」

「ちらっと見ただけじゃ分かんないいんじゃない、本って」

「ちらっと見、ただけで面白そ、うなのがい、い」

そんなの本を作ってる人に言ってくれ、と思いながら立ち上がり、僕は矢野さんに先に出るように促した。また同じ手順で鍵を閉める。

「あれ?」

「どうした、の?」

「さっき、矢野さんが先に入った？」

「うん」

「鍵は？」

「開い、てた」

閉め忘れ、だろうか。

警備員さん達が鍵を閉めに戻ってくるかもしれない。僕は、分身を校門から戻し、いつもより注意深く、昇降口までの道を歩いた。その間、矢野さんは本当に危機感なく鼻歌を歌いだした。注意すると、「細か、いといぐっ、ちゃんに嫌われ、るー」と歌詞をつけられたので、明日からタオルか何かを持って来て直接触れないよう口を塞いでやると決意した。

そう、明日もまた、僕達はこの夜の時間に、会うのだ。

「また明日」

校門を出て、初めて僕からそう言うと、彼女は妙に真面目な顔になって「はい」と頷いた。

帰り道で、矢野さんが奴らに出くわしでもしたらまずいと思い、こっそりよたよた走る自転車の後を付けた。彼女の家が、わりとうちに近いことを、この日初めて知った。どこにでもある、普通の一軒家だった。

行くことなんて、永遠にないけど。

〈水・昼〉

今日も矢野の「おはよ、う」はもちろん無視されていた。中川の上靴だけじゃなく、高尾の自転車が盗まれたのも、矢野のせいじゃないかと疑う奴が出始め、朝から彼女がゴミ箱を漁る姿を見てクラス中が笑っていた。中川は傷ついた様子で周りの女子達の仲間意識をあおっているし、どんどんと矢野にとっての状況が悪くなっていく中で、一つだけ喜ばしいことがあった。

必要な情報をついに手に入れることが出来た。

「今夜って、また急だな」

笠井からの情報提供に感謝しつつ、緊張して本音が出た。

「んなっ、俺ゲームやってっから電話してくんなつっといた」

そうか、笠井にとっては、いや、笠井にとっても、あの時間は遊び時間なわけだ。流石《さすが》は、うちのクラスで矢野や元田と並んで居眠りをしているだけのことはある。

「あっちー代わりに話聞いといてくれよ」

「寝てるって」

「だよなー、まあそれがあっちーだもんなー」

溜息をついてから、笠井はしょうがないなというように気のいい笑顔を見せた。俺の個性として認めてくれたのか、それとも呆れが笑いを持ってきたのかは分からないけど、どちらにしろ笠井が俺を許してくれたことにほっとした。

「ま、どうせ怪獣なんて出てこねえから、なんもなく帰るか、捕まって問題になるかのどっちかだろ。ぜってー、捕まった方がおもしれえけどな、あははっ」

元田達が捕まった様子を想像したのだろう笠井に合わせて俺は笑う。笠井が「例の一年も、相手に思いっきり怪我させて停学食らったらしいし」と言って笑ったのにも、合わせて笑った。

そう、知らない奴の怪我の程度なんて気にしている場合じゃない。

決戦は、今夜だ。

理科の授業の後、先週とは違い、矢野からきちんと離れて歩く井口を見て、一人で決意を固めた。


〈水・夜〉


こんな日に限ってというのが、僕の人生ではかなり多くある気がする。ただ単に、自分に都合の悪いことはよく覚えていて、いいことは忘れてしまってるだけかもしれないけど。

今日も、こんな日に限ってだった。

元田達が、学校に怪獣狩りに現れるという今日、矢野さんの言う夜休みの時間は既に始まって二十分経つというのに、僕はまだ、家にいた。

家で、人間の姿のまま、部屋の中を右往左往していた。

「早く早く早く」

焦って小声で唱えても、黒い粒はやってこない。こんな日に、限って。

まずい。笠井の話では、決行時間は以前に怪獣を見た時間ということだった。ということは、既に奴らが学校内にいてもおかしくない。

人間の姿でも学校に向かっておくべきだろうか。いや、変身途中を誰かに見られるわけにはいかない。

姿勢の問題か何かあるのだろうかと、ベッドに寝そべってみたり、蹲《うずくま》ってみたり、しゃがんでみたり、しかし、一向に変化は訪れない。

ひょっとして、と今まで考えもしなかった最悪の予感が、頭をよぎった。

もう化け物になる回数を使い果たしてしまったなんてこと。

あってはならないと思いつつ、もしそうなら納得せざるを得ないというような気もした。

そもそもどうして自分が化け物になるのかも分かっていないのだから、突然変化がなくなってもおかしくない。

不思議は不思議のままで、不思議。

化け物も不思議に生まれて不思議にいなくなる、だなんて。

でも、今日じゃなくていいはずだ。

化け物に初めてなった夜のことを思い出す。

あの時、どうやって変身した？

突然口から溢れ出した黒い粒達。初めは驚いて、自分に何が起こったのか分からず怖くて、夢だと思って。

けど、夢のような出来事だったけど、それは夢じゃなかった。

すぐに受け入れられたのは、僕が井口さんの言うように子供っぽい部分を持っていたから。

そして、化け物になって犠牲になる夜なんて僕にはなかったからだ。守りたい夜なんて、僕にはなかったからだ。

犠牲になる夜が、守りたい夜が、矢野さんには、ある。

きっと僕を待っている彼女には、ある。

不思議のままで、分からないままで、いいのか。

そんなの……。

「あ……来た」

本当に唐突に、今夜も変化がやってきた。手の指の先から、蟻《あり》に食われてでも行くように黒い粒が全身にわたっていく。

僕は窓を開け、変身しきっていない体で外へ飛び出した。化け物の自分を信じた。黒い粒達は慌てたように僕の体を化け物に形成し、次の瞬間、僕は流線形になって飛んでいた。

早く早く学校へ。

願えば、スピードはどんどん増すように思えた。気のせいだったかもしれない。

こんな時でも、夜風を黒い粒の一つ一つが心地よく感じていた。

いつもより数倍早く、思えば数秒だったかも、学校に辿り着いた僕は急いで分身を作り出し、警備員室のある校舎へ向かわせ、自分は教室のある棟へ向かった。

昇降口の、扉がわずかに開いていた。

矢野さんか、奴らか。

いずれにしろ、僕は心に戦闘態勢を作って暗い校舎内に体を躍りこませる。

大丈夫、大丈夫、化け物なんて見たら、誰だって逃げ出すに決まってる。

だから、大丈夫。

いつ鉢合わせても大丈夫なよう、僕は体を大きめのサイズに保ち、静かに侵入を始める。

分身も、今の所は何も見つけていないようだった。

まずは、教室に向かおう。もし奴らと矢野さんが鉢合わせでもしていたら、いたら…………それからどうするかは全く考えてはいなかったけれど、とりあえず、大ごとだ。

三階にかけあがり、怪獣のふりをして廊下を歩く。いつもより肩をいからせて、尻尾を高く持ち上げてみた。効果があるのかは知らない。

一歩一歩、教室へと近づいて、前まで来たところで、ちらりと中を見ると、誰もいなかった。

いつもは後ろからすり抜けるように入るのだけど、矢野さんが来ているのかを確認する意味でも、前の扉に手をかけてみる。

鈍い音をたてて、ドアが開いた。矢野さんは、来てるんだ。いつもいつも、鍵はどうしてるんだと思ったけど、今はそんなことを言ってる時じゃない。

おそるおそる、足を踏み入れて、僕はそばにあった机を尻尾で二度、叩いてみた。

「はー、いっ」

聞こえてきた間抜けな声に、安心して、すぐ「馬鹿っ」と悪態をつきたくなる。僕は声が聞こえてきた掃除道具箱に近づく。

「僕じゃなかったらどうすんだよ」

声を潜めると、今度はこんこんと音が返ってきた。今更何の意味があるんだ。

「奴ら、今日来るらしい。とりあえず隠れといて」

もう一度ノックの音を聞いて、前のドアの鍵をかけ、僕は廊下にすり抜け出た。奴らは、まだ来ていないのだろうか。分身はまだ何も見つけていない。校門に向かわせた方がいいかもしれない。

上の階を見てみよう。階段まで移動し、一歩一歩上る。静かだ。

考えてみれば、奴らが怪獣を捕まえると言っているのは、きっとただの口実なんだ。本当は奴らだって怪獣の存在なんて半信半疑どころか、ほとんど信じていないかもしれない。奴らは、暇つぶしに学校に忍び込むことにした。そこに怪獣探しなんて、絶好のスパイスだ。だったら、追い払うこともそこまで難しくないだろう。

だいたい怪獣を捕まえてどうする気だ。飼う？　殺す？　売る？

怪獣だぞ？　化け物だぞ？　そこらの子供に何が出来る。

あんな奴らに負けはしない。

あんな、体力だけの奴らに、夜の僕が負けるなんてことはない。

「へ？」

五階で、だった。

階段横のトイレ、そこから出てきた男と、僕は鉢合わせた。

「…………！」

咄嗟《とっさ》に出そうになった声をなんとか飲み込む、しまった、トイレからの水の音を、自動洗浄の当たり前の音だと思い、まるで意識していなかったんだ。

「うわっ、わあああああああああああああ！」

僕の姿を見て、相手は、当然、叫び声をあげた。こいつは、確か、前に野球部の部室で会った、笠井の友達。

僕は心と全身にぐっと力を入れる。

体を膨らませ、口を開いて、いつか野良犬を追い払った時の要領で、吠えた。

「××××××××××！」

我ながら、生物のものとは思えない、アルミホイルを握りつぶすような声は、相手に尻もちをつかせた。よし、びびってる。

声も出ず尻もちをついたまま後ずさる男をにらみつけていると、背後から物音がした。

振り返ると、音楽室のドアを開けて、二人が呆然とこちらを見ている。元田と、隣のクラスの奴だ。どうして音楽室の鍵が開いているのか、そんなことは、さておく。

三人か。

こいつらを脅し、ここに二度と寄り付かないようにしなければならない。自分に課せられたミッションを心の中で確認する。

僕はひとまず床にいる奴を飛び越し、三人を同じ視界に入れた。尻もち男はまた悲鳴をあげて、地面を転がる。

喉を鳴らしてみると、尻もち男は足をもつれさせながらもどうにか立ち上がり、僕があがってきた階段を下りようとした。逃がしても良かったんだけど、三人一緒にしといた方が楽だろう。

「ひっ！」

ちょうど下から分身が到着した。分身が階段で尻もち男に迫り、僕も少しずつ前に出て、三人を壁際に追い詰めた。

音楽室に逃げ込まれたら面倒だ。

僕は分身に奴らを見張らせておいてから、いったん窓の外に飛び出て、音楽室の中に回り込み、鍵を閉めた。「え？」というまるで女の子のような情けない声を背中に、僕はまた外に飛び出る。

このままま廊下に戻っても芸がない。

警備員さんには夢だと思ってもらおう。僕は、中庭で、奴らに怪獣と呼ばれる大きさまで巨大化し、大きな眼球で窓の外から奴らを睨みつけた。

一瞬の、時間が止まってしまったような静けさの後、校舎内から悲鳴が聞こえた。

三人が情けない顔になって何度もこけそうになりながら逃げようとするのを、僕は笑って見送る。もちろん人間の声を出さないよう、注意深く、化け物の鳴き声で。

三人を階段の方へと誘導するように、分身を立たせておき、僕も校舎に侵入して、奴らに階段を下らせる。途中で尻もち男が足を滑らせて踊り場に転げた。僕は、彼を上の段から物色するように脅す。その間、分身を下の階まで走らせ、元田達を四階に足止めさせておいた。

「来るんじゃねえよ！」

尻もち男が慌てて立ち上がって階段を下り、先に四階まで下りた元田達と合流する。

三階へと続く階段への道を開け奴らの逃げ場所を確保しつつ、分身は廊下側から、僕は階段から奴らを睨みつける。

ここでもう一つ、どうにかして特別な脅かし方は出来ないだろうか。

喉を鳴らしながら考えていると、ふいに元田が耳障りな舌打ちをした。

「二匹かっ」

呟いたかと思うと、元田は、突如信じられない行動に出た。

さっきからずっと左手で握りしめていたバット、それを右手に持ち直し、なんと分身の方に殴りかかってきた。

「うらっ！」

攻撃を受けたらどうなるのか分かっていない僕は、咄嗟《とっさ》に分身を下げ、僕自身が全身をざわめかせることで、奴を威嚇《いかく》した。

そうやって全身で演じた怒りが、元田を一歩後ずさりさせる。僕はそれに合わせて分身と自分自身の足を一歩前に出し、詰め寄るふりをした。

なんて奴だ。ばれはしないだろうけど、あるか分からない心臓が、バクバクと波打っていた。

いきなり正体も分からない化け物に殴りかかるって、マジかこいつ。

元田は二人の仲間のもとに戻ってバットを構えなおす。分身の方がバットを避け攻撃に転じなかったこと、それから分身への攻撃に僕自身が怒りを見せたことで思い付きがあったのだろう、元田はいつもの、嫌な笑いを口元に浮かべた。

「こっちが子供か」

分身の方を見て言ったその推理は、勘違いも甚だしいものだったけれど、僕にとって都合のいいものではなかった。

なんとなく分かったのだ。これから元田のとる行動が。

「らぁ！」

元田は、分身に向かって再度殴りかかり、分身が避けると更にバットを振り回した。

そういうことをする気がした。こいつは、弱いものを見定めると嬉々として攻撃をするようなタイプの人間だ。子供の方だと見定めた分身を見る目が、お昼に、矢野さんを見る時の目にそっくりだった。

元田の攻撃を避けていることに問題はなかった。いざとなったら本気で逃げれば追いつかれはしないだろう。後ろの二人は、固まってしまっている。

だから、まずいことはたった二つだけだった。

一つは、攻撃に転じることが出来ないのがばれること。実はさっきから、ずっと元田のバットをはじき返すような命令を出しているのだけど、分身は一向に動いてくれない。この能力を初めて使った時に、攻撃のイメージを付けなかったからかもしれない。

もう一つは、本体の僕自身が奴らに触れられないということだ。正確には、触れてしまえばどうなるか分からない。もし、黒い粒が奴らをも化け物にしてしまったら、形勢が逆転する。

まさかこんなにも元田が考えなしに行動するなんて思っていなかった。

分身がどんどんと後ろに下がっていくなか、僕はひとまず奴らに攻撃の意思だけでも見せなければならなかった。

いつかの屋上でのことを思い出し、以前よりはかなり控えめなイメージで内側の黒い粒を発熱させ、口を開いて少量の炎を吐く。奴らを燃やしてしまわぬよう、慎重に、慎重に。

「うわあっ！」

元田を見守っていた二人がこちらの熱に気付き、飛びのいた。効果はあったようで、二人は慌てて元田のところへと駆け寄る。

「こいつ火吐く！」「やばいって！」「逃げよう！　早く！」

そんな声を聞きながら僕は少しずつ間を詰め、よく言えば分身とで挟みうちにする。しかしもちろん分身は未だ防戦一方なわけで、いつまでも、このままってわけにもいかない。こいつらには逃げ帰ってもらわなければならない。

そこからの行動は、僕の軽率なミスだった。一動作を焦ってしまったのだ。

一度、外に出してからこちらに来させれば良かったのに、僕は敵を舐めていた。元田が攻撃の手を緩めたタイミングで三人の頭上を分身に飛び越えさせようとした。

まさか元田が、そこまで考えなしだとは思わなかった。

奴は分身が飛び上がったのを知るや、ほぼ反射のような様子でバットをこちらに向かって投げてきた。あわや、仲間二人に当たってしまうという軌道を描きながら飛んできたバットは、運悪く分身の尻尾をかすめた。

瞬間、分身は煙のように消え、それから、廊下の蛍光灯が割れて、派手な音がした。

一瞬、時が止まったような気がした。

「……やばいやばい！」

尻もち男が、言いながら、僕がいる方とは逆に逃げていった。

僕も彼に同意だった。やばい。

なのに、素早く危機感を持ったのは逃げていった奴と僕だけだった。

残った二人と対峙しながら、僕は、かくのかも分からない冷や汗をかいた。

蛍光灯が割れたこと、これはもちろんやばい。

しかし、真に僕にとってやばいことがある。武器攻撃によって分身が消えるところを見られてしまったことだ。

攻撃が、僕にだって効くと思われただろうし、ひょっとすると、触れたものに悪意があったら効くとか、そういうルールがないとは限らない。

ということは、今日、逃げ帰ったとしても奴らは、また、僕を狩りに学校にやってくるかもしれない。

いっそ、何かで殴りつけて気絶でもさせてしまおうか。いや、この体になって直接攻撃なんてしたことがない、加減が分からず、殺してしまったらどうする。

そういったことが頭を駆け抜け、僕はまず、分身をもう一度出そうとした。しかし、出てこない。何か、ルールみたいなものでもあるのか。

舐められてはいけない、化け物なのだと怖がられなければ。

僕は注意深く、炎を口の端で吐き、さっきまでよりも大きく唸る。仲間を消されて怒っているさまを演出する。

「おい、そろそろ逃げようっ」

隣のクラスの男は一歩後ずさって元田に忠告をした。元田は、その声に合わせて一歩引きながらもこっちを睨みつけていた。

「こいつも、消せるんじゃね？」

「ば、馬鹿言ってんなよ！　逃げねえと警備員も来るぞ！」

後手に回ってはいけないと思った。だから、奴らが逃げ始める前に、僕は、一歩前に出た。同時に耳をつんざく雄たけびをあげる。この音で、警備員さんが駆けつけ、奴らを捉えてくれるならそれも仕方ないと思った。

どうやら僕の行動は正しかった。化け物が本気で怒ったとでも思ったのか、奴らは僕から遠ざかる為に駆け出した。

廊下の幅めいっぱいに体を巨大化させ、奴らを追う。逃がさぬように、でも決して追いつかないように、細心の注意をはらって。六本の足で這いながら口を開いて奴らを追い詰める。

ちょうどいい具合に、奴らは逃げ足が速かった。その上咄嗟《とっさ》の判断力もきちんとあって、校舎の端に辿り着くと迅速に階段の方へと進路を変更した。僕も体を傾けるようにそれを追っていく。揺れる尻尾が壁を叩く。

何度も鳴るその音が、奴らのうちの一人、隣のクラスの男を、階段の途中で不用意に振り向かせてしまった。彼は四階と三階の途中、踊り場前の最後の一段を踏み外し、その場にこける。

僕は咄嗟に彼を避けようと飛び上がり、階段に月明かりを通していた窓に張り付いた。非常灯の緑の光だけがその場で不気味に光っていた。

「ちょっ、待っ！」

隣のクラスの奴の声が僕に対してのものだったか、元田に対してのものだったか、判別する前に僕は天井を這いずり、逆さまになって奴らを睨みつけた。重力に逆らう化け物、気持ち悪さが増すはずだ。

これで奴らが怖気づいてくれればよかったんだけど、そうもいかなかった。

元田はこちらを半身で見ながら、逃げ出そうとしない。

その時、僕の視界を強い光が襲った。

突然のことに驚き、僕は八つの目をつぶり何かから逃げるために天井を移動する。

「おいっ！　逃げるぞ！」

隣のクラスの男の声だ。点滅するような視界の中で声の方を見ると、手に携帯を持っている。あれから光を発したのか。黒い化け物だから光が通用するなんて、アニメやゲームじゃないんだぞ。でも、元はただの人間である僕にそれなりの効果はあった。

奴らが逃げる前にもうひと怖がらせしなければ、そう思い、目がちかちかしながらも階下まで追いかけるつもりで、床に降り立ち、奴らに近づく。

このまま一階まで追い立て、運動場で派手に火で脅してやれば、いいだろうか。

そんなことを考えていたのに、奴らは僕の思惑通りには動いてくれなかった。

「来いっ」

元田がそう言って階段の方にではなく、廊下の方へと駆け出した。来いと言うのが自分にかけられたものだと気がついた隣のクラスの奴は数瞬遅れて元田に追いすがった。僕もそれに続く。

どういうつもりだ。一体、何をするつもりだ。

唸りながら追いかけていくと、元田は一つの空き教室と、もう一つ、普段授業が行われている教室をやり過ごし、そして、僕らのクラスが入っている教室、その前方のドアに手をかけた。

一瞬、体中がぞわっとするが大丈夫だ、矢野さんがどうにかして開けた鍵は僕がきちんと閉めた。

ガチャンと、鍵がきちんとその役目を果たしている音がする。

「なんで、くそっ！」

再び逃げながら元田がつく悪態、まるで開いているものと思っていたようなその声の意味が分からないまま、僕はギリギリまで奴らの背中に追いすがり、食べてしまおうというように口を開けた。

その口が、開いたままふさがらなかった。

性懲りもなく、元田が駆け寄って手をかけた後方のドア。馬鹿の一つ覚えだと思った僕を裏切り、その後方のドアが、開いたのだ。

二人は教室の中に滑り込み、僕は勢い余って、教室の前を通り過ぎてしまう。

なんで？　言葉が頭に浮かぶのと同時に、背後で鍵の閉まる音がした。

いつも前のドアから入るから気がつかなかった。矢野さんは、後ろのドアの鍵も開けてたのか？　どうして？　そして、元田達がそれを知っていたかのように教室に逃げ込んだのはなんでだ？

焦りながら、僕は廊下を引き返し、窓から教室の中を見た。二人が、汗だくの顔でこっちを見ている。

あいつらだってそうだろうけど、僕も、全身が緊張で脈打った。奴らの後ろには、矢野さんが隠れた掃除道具箱がある。見つかったら、終わりだ。

なのに、終わりだ、って思った。

掃除道具箱の蓋がそろっと開くのが見えた。状況を確認しようとしているのか知らないけど、にんまりと笑った矢野さんの顔が見える。

馬鹿か！　悪態をつきたいのを我慢しながら僕は、注意をこちらにひきつけなくてはと考えた。いつもやってるのと同じように、イメージする。ただしいつもとは違って、ゆっくりゆっくり、奴らの恐怖をあおるようにだ。

僕は液体のようにばらばらになって扉の隙間から教室内に侵入する。毒水が溢れ出すみたいに、毒ガスが侵入してくるように、少しずつ少しずつ、黒い影が教室内で水たまりになる。

こんな風に教室に入ってくるなんて想像していなかったんだろう、二人は流石《さすが》に固まっていた。そうして、僕がじっくり、廊下でのものより小さな体の形を作ると、悲鳴が聞こえた。

どうだ？　こんなことが出来るとは思わなかっただろう？　そういう気持ちを込めて、化け物の口で笑ってやる。

「んだよ、こいつ！」

言いながら、元田は一番近くにあった椅子を掴み、僕に向かって投げつけてきた。僕は、尻尾でその椅子を掴み、そっと元田に投げ返した。矢野さんに傘を渡した時のようにそうっと。物理的な接触が出来るということを、見せておくためだ。

驚いた様子の元田はなんとか椅子をキャッチすると、憎々しげにこちらを見た。

「舐めやがって」

遊び、獲物をなぶっていると思われたのかもしれない。実際の所、僕にそんな余裕はなかった。相手に触れないように、怖がらせ、二度と来る気をなくさせるというのはなかなか難しい。でも、獲物を舐めてなぶり遊んでいるという感覚は、この元田に対してはちょうどいい感覚だとは思った。

いつも、元田がやってることだからだ。

緊張とは違う感情で、全身がざわついた。

とはいえ、僕ものんびりはしていられない。矢野さんが見つかってしまう前に、奴らにはさっさとこの教室を出ていってもらおう。

ベランダに追い込んで、飛び降りさせるのは、流石《さすが》にまずいな。ここは三階だ。

どうにかしてここから奴らを追い出す方法を、そう考えているうちに、相手が行動に出た。

クラス全員に割り当てられたロッカー、その上に、一本、剣道部である工藤が置いていった竹刀があった。元田はそれを手に取ると、僕に対して、構えた。

剣先を向けられるや、まずいと思った。

まずいと思ったのは、元田の戦う姿勢に対して、じゃない。

元田の後ろにいたもう一人が、仲間の雄姿に触発されて、自分も戦うために武器を手に入れようとしたのが見えたからだった。

こちらからは目を離さずに、彼は手を、掃除道具箱の方にそうっと伸ばした。ばれないように、とでも思っているんだろう。

どうしよう。心臓と、頭の中が、著しく熱くなる。どうにかしなくちゃならないのに、下手に動いていいものだろうかと考えすぎて、動作が遅れた。

彼の手が、掃除道具箱の取っ手を探る。二度、空ぶってから、三度目にきちんと取っ手を掴んだ彼は、それをまたそうっと引こうとした、のだろう。

掃除道具箱は開かなかった。きっと矢野さんが中から押さえたのだ。

安心、したのもつかの間だった。

「はいってまあ、す」

馬鹿じゃねーの！

と僕が叫び出す前に、二人が、突然聞こえてきた高い声に驚いてその場を飛びのき、掃除道具箱から距離をとろうとしたから、よかった。僕は叫びをすんでで飲み込み、ここしかないと、掃除道具箱に飛びつく。

咄嗟《とっさ》だった、だから、矢野さんの以前の言葉を思い出したんでもなんでもない。

僕は、掃除道具箱に思いきり口を広げてかじりついた。

想像する。

僕の体の中は、宇宙のようになっている。外から見た体の大きさとは異なり、体の中には膨大な空間が広がっている。口がその空間への出入り口、僕はどんなものでも飲み込み、そこにしまうことが出来て、自由に吐き出すことも出来る。

僕は、鳥が魚を飲み込むように掃除道具箱を数秒で丸のみにした。

果たしてそんなことが出来るのかと疑う余裕もなくやったことだったけれど、出来てしまった僕は、唖然とした二人と目が合った。

また、時が止まったように思えた。

「うわああああああああああああああああっ！」

化け物が、自分達より大きなものを飲み込む姿はかなりのショックを与えたようだった。二人は叫びだし、足をもつれさせながら教室を出て行った。

想像力で、なんでも出来る。

そんなこと、信じていたわけじゃないけれど、もし出来るとしたら、は、ずっと考えていた。羽が生えて空を飛べるとか、地面に潜れるとか、瞬間移動が出来るとか、その中の一つが、四次元ポケットだ。化け物だから、飲み込むしかなかったけど。

もしなんでも出来てしまったら、私を助けてなんて言われてしまうんじゃないかって、それが怖くて自分の力を試すことはしなかった。それは、僕にどんな力があっても出来ない。けど、夜の僕に出来ることならしてもいい、それだけだ。じゃないとこの馬鹿は自分から見つかりに行ってしまう。そういう何も出来ない奴なんだ。

化け物くらいは、助けてやっても、いい。

元田が乱暴に捨てて行った工藤の竹刀を棚にたてかけてから、僕は、奴らを追うことにした。学校の外まできちんと追い出さなければ。

階段を転げながら下りて行く二人に追いつくのは簡単だった。気づかせる為に後ろで唸り声をあげると、彼らはちらっと振り返ってまた叫び声をあげ、全力で逃げ出した。

来るなよぉ！　と情けない声をあげる元田を見て。僕は少し、楽しくなってきていた。

一階に下りると、奴らは律儀に昇降口の方へと走り、そのまま外へと逃げて行った。この時、奴らが矢野さんと違って靴を履き替えていなかったことを知った。

外に出て、僕はようやく、自由に体の大きさを変えられるようになる。

校門まで走る奴らを見つける。二人を律儀に待っていたのか、尻もち男も一緒だ。

奴らの後ろで、僕は怪獣らしい大きさまで体を膨らませ、一歩目、奴らを踏む寸前の所に置いた。うぞうぞとした黒い粒が、クッションの様になって音は鳴らないけれど、砂埃が舞う。

奴らは二回くらいこけながら校門まで辿り着いていた。ここで最後、駄目押しだ。

僕は注意深く、周りに誰も人がいないことを確認してから、校門の先、奴らの進行方向に火を放った。イメージ通り、校門よりやや先、きちんと奴らに逃げるルートを残しての火炎放射攻撃。

それでも、奴らにとっては熱かったみたいで、三人は転んでこちらを見上げ、動かなくなった。

どうやら、立てなくなったみたいだ。

奴らの予想外の臆病さに、どうしたものか困って立ち止まると、元田が何かを叫んでいた。

注意して聞くと、悪態をついているようだった。目を見開いて覗き込んでやる。

「くそっ！　なんだよお前！」

クラスメイトだ、なんてもちろん答えない。

「何もしてねえだろうが！」

確かに、まだ何もしてない。されたら困るんだ。なんてもちろん答えない。代わりに、その場で一つ足踏みをしてやった。踏みつぶす意思を見せる。

幾度目か分からない加減をしてやった脅し、にもかかわらず、元田はまだ僕を見上げ、怯えを丸出しにしながらも虚勢をはり睨みつけてきていた。

いい加減にうっとうしく感じた、まさにそんな時に、奴の言った一言がいけなかった。

「俺の学校に何の用だよ！」

途端、あるか分からない脳が、沸騰した。

「………お前のじゃないっ」

つい、としか言いようがない。漏らしてしまったとしか言えない。

しまったと思ってももう遅い。元田もしっかりと僕の言葉を受け取ったようだった。目を大きく見開いて、固まってしまっている。

終わりだと思った。声を聞かれてしまった。化け物が僕だと、ばれてしまった。

そう思ってしまったのは、僕が、恐ろしくも矢野さんをクラスメイトの基本のように据えてしまっていたからだ。

「喋れんのかよ……」

元田の絞り出すような声を聞いてハッとした。それはそうだ、こんな外見の化け物が、自分達と同じ言葉を使う、それだけの知能を持っている、そのことに驚くはずだ。その声が誰のものかなんて、一発で聞き分ける馬鹿はいない。

「わ、分かったよ！」

何がだろう。

「もう来ねえ！　来ねえから！」

へりくだった態度でそう言うと、元田はどうにか立ち上がり、仲間を置いて逃げようとした。

隣のクラスの奴もどうにかこうにか立ち上がり、「待って！」と追いすがっていった。

どうやら、僕の言葉の意味を違う風に取り違えたようだ。奴らには、僕がこの学校の主にでも見えたのだろう。もしそうなら、都合がいい。夜の学校に、奴らはもう来ないはずだ。

奴らが校門を抜けて逃げていくさまを、僕は大きな姿のまま目で追った。

運動部なりの足の速さで、奴らはあっという間に、見えなくなった。

僕は、あるかどうか分からない肺に思い切り空気をため、それから溜息をついた。

どうやら、終わったみたいだ。

僕は、怪獣のまま天を仰いだ。体を縛り付けていた緊張がとけていく。

よかった。

勝ったんだ。追い出した。あの元田達を。

僕は確かな実感をぐっと全身で握りしめ、また、井口さんの言う子供っぽいことを思った。

夜の僕は、きっと無敵だ。

想像力を持てば、宇宙にでも行けるんだろうか、と、考えて僕は、飲み込んだままのあいつのことを思い出した。いけない、浸っている場合じゃなかった。

飲み込んだものが体の中でどんな風になっているかは分からない。想像通りなら、宇宙空間をさまよってるみたいな感じのはずなんだけど。

教室に向かおうかと思って、考え直し、僕は一度屋上に行くことにした。吐き出す時、勢い余って窓でも割ってしまったら大変だ。ただでさえ、蛍光灯を一個割ってるって言うのに。

大きく飛び上がって、空中ですわりの良いサイズに自分の体を変化させ、屋上に降り立った。

早速、掃除道具箱を吐き出そうとして、ふいに不安になる。

宇宙空間のようになっているなんて想像をして、もし僕の体内が無酸素で、矢野さんが窒息死していたらどうしよう、とか。中にブラックホールがあって、掃除道具箱ごとぐしゃぐしゃに潰れていたらどうしようとか。

……怖気づいていたってしょうがない。いつかは外に出してやらなきゃいけないんだ。

僕は勇気を持って、ゆっくりと口から掃除道具箱を吐き出すイメージを持った。

口の奥から、四角い箱が顔を出し、黒い粒を押し分けて外に出てくる。ひとまず、潰れてはいなかったことに安心する。

全てを吐き出す前に、きちんと尻尾で支えた。落ちないようにゆっくりと、屋上に立たせる。

この掃除道具箱も、屋上に来ることになるとは思っていなかっただろう。

あとは矢野さんが窒息していないかの問題だ。

月に照らされた不気味な掃除道具箱の前に立つ。数秒待ってみても、中からなんのアクションもなかったので、僕は尻尾で取っ手をつまんで、恐る恐る蓋をあけた。

中で、矢野さんは目をつぶり直立で固まっていた。

まさか、死んでる？

心配になって覗き込んだところで、ぱっと音がするくらい勢いよく矢野さんの瞼《まぶた》が開き、僕は飛びのいた。

矢野さんは、瞬きを何度もしてから外に一歩出ると、唇を尖らせた。

「う」

「…………う？」

「うう」

「……」

何を言おうとしているのか、僕が矢野さんに一歩近づき、耳をそばだてると。

「うう、ううう、うううう、うううううううわあああああああああああ！」

彼女は、突然の雄たけびをあげた。

大きな音に対し全く身構えてなかった僕の体が心に比例して膨らみ痙攣《けいれん》する。

そんな僕を気にすることもなく、矢野さんは体中の空気を一回全て吐き出すと、もう一度大きく息を吸って、口を「わ」と開いた。

「わあああああああああああああ！」

壊れたおもちゃみたいに声を張り上げながら、今度はその場でぴょんぴょんはねる矢野さん。

表情はにんまりと笑っていて、化け物に飲み込まれたせいで狂ったのかと怖くなる。しかし、どうやらそういうわけではないようだった。

「やばかった、あ！　やば、かっ、たあ！」

矢野さんは屋上をだあっと走り出し、内周をぐるぐると回った。

「見つか、りそうだ、ったあ！」

僕の目の前まで来て両手を広げ、にんまりとしながらわめく矢野さん。

「食べられた、あ！」

「静かにしてっ、声が大きいよっ」

注意している僕の声も十分に大きかったのだろうけど、矢野さんはそれに輪をかけるように声を張り上げた。

「びびった、あああ！」

全く注意を聞かない矢野さんに僕も少しむきになる。

「矢野さんさあっ」

「何！　何！」

「びびったのは僕の方だよ！　顔出したり声出したりっ」

「だね、えだねえ！」

「だねえじゃないよ……」

僕の呆れた様子は見て分かっただろうに、矢野さんはなおも楽しそうに、笑顔でそわそわと体を揺らした。ゆらゆら、ゆらゆら。

その様子を見て、何故だか僕はふいに噴き出してしまった。きっと、呆れ果ててしまったんだ。

それに、興奮していたこともある。

「ほんとなんなんだよぉ」

自分でも分かった、その言葉に全く非難の色が混ざっていなかったこと。僕はきっと変に面白く感じ始めてしまっていた、このおかしなクラスメイトのことを。

当然、それは無事だったからこそで、次回もあるのなら、毅然《きぜん》と注意しなければならないんだろうけど、こんなこともう当分ないと思う。だから、今は勝利に酔いしれてもいい気がした。矢野さんがはしゃぎたくなるのもちょっと分かるような気がした。

黙って矢野さんの動きを見ていると、彼女は元気が有り余っている子供のように飛んだり跳ねたりおかしなステップを踏んだりしていた。やがて体中の興奮を出し切ったようにぴたりと動かなくなって、肩で息をしながら何故だか自らの両手を見始めた。

「痺《しび》れ、てる」

「気がすんだ？」

「怖か、った」

「……やっぱり矢野さんって変だよね？」

僕の友人同士のツッコミにも似た質問に、矢野さんは荒い呼吸で肩だけ揺らしながら首を傾げた。

「何が、あ？」

僕は、彼女を尻尾で指さす。

「何がじゃないよ。矢野さんはやっぱりおかしいよ」

「そんなことない、よ」

取れそうなほど首を横に振り回す彼女はどう見てもおかしく見えて、僕はまた笑う。

「さっき教室にいた時も、今も」

「ん、ー?」

「その顔だよ」

ずっと思っていたことをノリで言ってしまう。

「顔?」

「怖いって言いながら、そんな風に笑ってられるなんて、絶対おかしいっ」

いじわるもこめて、からかうつもりで言ってやった。心配させられたのだ、これくらい仕返しに言ってやってもいいと思った。

まるで、傷つけるとか傷つけないとか、そういうことに気を使わなくていい、友達を相手にするみたいに。

矢野さんは一瞬きょとんとした。そうして自分の顔を触り、「あ、ああ」と納得したように呟いた。それから、僕に伝え忘れていたというように、教えてくれた。

「私ね、え」

矢野さんは、ほっぺにあてた手を口へと持っていく。

「怖いと、無理に笑っ、ちゃうの」

そうして自分の口の端と端を持ち上げた。

「こうで、しょにんまりにんま、り」

にんま、り。

「……え？」

にんまり。にんまり。

矢野さんはぐぐぐっと限界まで口角を上にあげる。

それは、いつもの笑顔。

毎日見てる、おかしな笑顔。

「癖な、のかなぁ、いつ、もなんだよ、ね」

矢野さんは自分のほっぺをぐにぐにと撫でながら言った。

いつも。

どんな時も？

矢野さんの言葉の意味を、僕は焼けた脳で考える。

体の中にあった高揚が、一気に夜風に連れ去られた気がした。

「え？」

にんまり、していた。今、矢野さんが僕の目の前で。

元田にペットボトルをぶつけられた時も、にんまり。

毎朝、クラスメイトに無駄な挨拶をする時も、にんまり。

井口さんに暴力を振るったことについて「分からない」と答えた時も、にんまり。

化け物姿の僕と、初めて会った時も、にんまり。

矢野さんは笑っていた。

あの仲間意識の意味が、変わってしまった日も……。

僕は、息が出来なくなる。

「どうした、の？　あっちー、くん」

矢野さんの声が遠くの方に聞こえた。

頭の中が、今までの記憶に沈み込んでいくのを感じた。

何度も何度も、彼女はその顔で笑ってた。

どうしてそんな風に笑ってられるんだと、ずっと思っていた。

頭がおかしいから。僕らとは違う神経で生きているから、そんな風に楽しそうに、身勝手に、空気を読まずに笑っていられるんだと思っていた。

僕とは、違うから、それが普通なんだと思っていた。

それで理解した気になっていた。

なっていた方が、よかった。

「あっちー、くん？」

タイミングよく、そこで、彼女の携帯からチャイムが鳴った。奴らがいた時に鳴っていたらどうするつもりだなんて、もう言わなかった。

「ひ、ひとまず教室に掃除道具箱を戻そう」

チャイムに意識を叩かれた僕は、今一度、掃除道具箱を飲み込んだ。一度やったことだから、二度目は繰り返すだけでよかった。

僕らは粛々《しゅくしゅく》と掃除道具箱を移動させ、夜の学校から、下校することにした。

「また、ね」

校門で、彼女の別れの言葉に、僕は何も答えなかった。矢野さんの顔も見なかった。

「ありがと、う」

お礼の言葉には、「うん」とだけ答えて、僕は天高く飛び上がり、その場を後にした。

そのままどこかに行ってしまおうと思ったんだけど、余計《よけい》なことを思い出してしまった僕は、自転車にまたがりよたよたと走っていく矢野さんを見守ることにした。

思い出したんだ。先日、彼女は帰る時、一人になった後、誰に見せるわけでもなくにんまりと笑っていた。

そうして、もう一つ、余計なことに気がついた。

矢野さんは、夜の僕に対して、にんまりとは笑わなくなっていた。

僕は、もう夜の学校に来ちゃだめだと、思った。

〈木・昼〉


いつもと同じ朝。なんの問題もないはずの日常。

元気に挨拶をしながら教室に入ってくる矢野を、見ないようにした。

ゴム鉄砲で狙撃されてる時も、女子達が聞こえよがしにひどい悪口を言っている時も、絶対に矢野の方を見ないようにした。

どうせあいつがしてるはずの、いつもと同じ顔を、見ないようにした。

いつもと違うのは、こちらの内情だけど、そんなもの、俺の意識ひとつでどうにでも出来るはずで、だから、今日はいつも以上にあいつのことを気にかけないようにしようと決めた。

それに、矢野のことなんかより、気にかかることが三つもあったんだ。そっちを気にしよう。

一つは、元田が学校に来ていなかったこと。これに関しては、まあ、昨日の今日で来いという方が間違っているというような気がする。化け物を見た、なんて、信じちゃもらえないだろうし。すんなり受け入れる方が、どうかしてるんだ。

もう一つは、蛍光灯が夜中に割られていたことが、まるで問題として取り上げられなかったこと。ひょっとすると、妙な噂が立たないよう秘密にされているだけかもしれないけど。気になった。

最後に、昨日また野球部の窓が割られていたこと。笠井なんかは、「元田が割っちまって、ばれるの怖いから来ねえんじゃねえの?」なんて笑っていたけど、それが恐らく違うことを知っている俺は、真犯人に怪獣の姿を見られただろうかと不安になった。

もう二度と、侵入者と追いかけっこなんて面倒なことはごめんだ。それに、俺はもう夜の学校には来ない。

二限目が終わった後の二十分休み、俺は一応、蛍光灯を見に行くことにした。

トイレに行くふりをして、そっと教室を出る。考えてみればとうに交換されているんだろうけれど、なんとなく見たくなった。いや、多分、そうじゃなくて、教室から出る理由を作りたくて、俺は蛍光灯を気にしただけ。学校に忍び込む口実を作った元田達に似ている。

四階にあがると、やっぱりというか当たり前に蛍光灯は交換されていた。一応なんとなく五階にもあがってみて昨日の痕跡が残っていないか確認したけれど、特になんということもなく、俺は五階のトイレで用を足して、教室に戻ることにした。

と、四階で階段を上って来たクラスメイトとすれ違った。五階から下りてきたのを見られたのはまずいかもと思ったけど、彼女に関しては大丈夫だろう。

俺は何気なく、片手をあげて挨拶をする。

「よっ、図書室?」

「うん」

分かり切っていることを訊くなと言わんばかりの態度で頷いた緑川と、俺は少しだけ会話してみようと思いついた。

分かってる、これも、教室に長い時間いたくないがための口実だ。

「何、読んでんの？」

訊くと、緑川は持っていた本を俺に差し出して来た。何も意識せずにした適当な質問だったから、その本をちゃんと見て、驚いた。

「ハリー・ポッター」

「うん」

「……本も面白いの？」

「うん」

緑川が頷いたことに、少し安心した。なんの意味もない、安心だった。

会話が途切れ、緑川から話題をふってくることのない以上、これで時間稼ぎも終わりかなんて、思っていたら彼女が五階に続く階段の方に目をやっていた。

「あ、ああ、ちょっと寝癖なおしたくて。人いないとこで」

適当な言い訳に、緑川は「うん」と頷いた。何に対する肯定だろうか。はいはいそういう言い訳をするんだねうんうん、みたいな感じだろうか。本当にそうだったら、笠井は幻滅するだろうな。

会話を延ばすついでに、友人の株をあげてやろうかと、思い立つ。

「そういやさ、今日また野球部の窓割られてたって」

「うん」

「あ、知ってんだ。高尾の自転車盗られたり、物騒なこと多いよな」

「うん」

「前に、中川の上靴もいたずらされてて、矢野のせいなんじゃねえかって皆怒ってたけど、笠井は証拠もないのにって言ってて、あいつ普段なんも考えてないのに、そういうのはちゃんと考えてて……」

緑川は、何も言わずに、かといって、首を傾げもしなかった。俺の話の持っていき方が強引すぎただろうか。彼女の反応からじゃ、どう受け止められたのか、一向に分からない。

こんなところにしとこう。

「じゃ、じゃあまた授業で」

俺が、緑川と入れ違いになり、二歩三歩、階段を下りた時だった。

「笠井くんは悪い子だよ」

すぐには、誰から言われたのか分からなかった。振り返って、やっと、それが緑川の声だったことを思い出す。

緑川は、俺と目が合うと、すぐに身を翻して図書室へと向かった。

彼女が授業中以外に、何かを喋っているのを聞くのは、本当に久しぶりのことだった。

笠井が悪い子って、え?

緑川の言ったことの意味が分からないまま、俺は、彼女の背中が曲がり角で見えなくなるまで見送った。

この日、緑川が俺に伝えようとしたことを必死に考えたけど、何も分からなかった。

もしかしたら、というのはあったけれど、そんなありえないことを考えるのは良いことじゃないと思った。

今日の出来事で、特別なことと言えば、これくらいだ。

あとは、井口の鞄には、まだトトロがついていなかったってことくらいか。


〈木・夜〉


屋上の風は、いつだって気持ちよかった。

来ない、と言ったくせに、とは自分でも思った。

学校の屋上にいるのは、もし万が一、元田達が再度学校に来たらと思ったからだ。

僕は、矢野さんが教室にいることを確認して、分身を教室前に立たせた。

僕自身は、矢野さんに会うつもりはなかった。

昨日とは違い、静かな学校。僕は夜風に当たりながら、色々なことを考えていた。

今日の緑川さんの言葉、どうして僕に言ったのか。

ハリー・ポッターを読んでいた。

感想をきちんと聞いてみたかった。

笠井が、なんだっていうんだろう。

野球部の窓が割られていた……。

昨日、元田達と追いかけっこをしていた時、奴らがうちの教室の鍵が開いていることを知っていたのは、ひょっとすると僕が来る前に一度入っていたのかもしれない。

矢野さんはそのことを知って掃除道具箱の中に隠れたのかも。

だとしたら余計《よけい》に、返事を返すなんて不用意すぎだ。馬鹿にもほどがある……。

………なんだよ。

……。

怖い、のか……。

結局何を考えていてもそこに辿り着いてしまった。

矢野さんの言葉を、聞いてしまった自分に、怖さを感じていた。彼女が言う怖さとは違う種類の、怖さだ。

僕は、聞いてしまったことで、自分の向いている方角がクラスの進んでいる方角とずれてしまうことを心配していた。

考え方がずれていたら、認識がずれていたら、どこでふいに間違ったことを言ってしまうか、してしまうか、分からない。

以前に、ずれてしまった井口さんみたいに、自分の毎日が害されてしまうことなんて、あってはいけない。

そんなのは、嫌だ。

化け物の奥歯でぐっと決意をかみしめる。

どっち派？　だなんて、彼女の声が聞こえてくる気がした。

僕は矢野さん派じゃない。

やがて、夜休みの時間が終わり、矢野さんが教室の扉を開けるのと同時に、僕は分身を消した。

僕が来ても来なくても、矢野さんはきちんと夜休みを堪能し、家へと帰っていった。

いつの間にか、夜休みが自分にとっても夜の時間の中心になっていたのかもしれないと、今、ようやく気がついた。

それじゃあ駄目だと思い、僕は朝まで色々な場所に遊びに出掛けることにした。

誰も、僕のことを知らなかった。


〈金・昼〉


下駄箱のところで工藤に会い、八重歯を見せた笑顔に少しばかり元気づけられた心は、五分と持たずにしぼんでしまった。

「おはよ、う」

工藤と一緒に教室に向かっているると、階段を下りてきた矢野が今日も元気に挨拶をしてきた。

俺はいつもと同じみたいに、もちろん無視する。矢野の顔なんて見ない。

工藤も、もちろん無視した。当然だ。それが俺達のクラスが向いている方向なんだから。矢野も、返事を求めたりしないでさっさと階段を下りて行く。

これで接触は終わり、ほっとした、矢先だった。

工藤が下にいた矢野の方を振り返り、手に持っていたカフェオレのパックを投げつけた、みたいだった。俺は、床と上靴のこすれる高い音が聞こえてから振り返ったので、工藤の動きは想像に過ぎないけれど、ほとんど当たっているだろう。

パックは見事矢野の後頭部に命中し、床に落ちた。中身はほとんど入ってなかったみたいだけど、ストローから飛び散ったカフェオレが矢野の髪の毛についた。

「って」

矢野のそういう声が聞こえたところで、工藤は体の向きを元に戻し俺にニコリと笑顔を見せてから、「そんでさ」とさっきまでの会話の続きを始めようとした。

危ないところだった。けど、どうにか「うん」と言って工藤と同じペースで体を元々の行動に移行させることが出来た。つまり、クラスメイトと会って、仲良く教室に向かいながら愚痴を聞く、そんな自分にきちんと戻せた。

教室についてから、さっきの出来事を思いかえして、その意味に気がつき、恐ろしくなった。

ひょっとしたら、自分は、既にずれ始めているのかもしれない。

工藤は、元々矢野のことが本当に見えていないんじゃないかと思うくらい、自然と無視の出来る子だった。嫌がらせに踏み出すのは、誰かに誘われた時と、それから矢野が工藤のテリトリーに無理やり入って来た時くらい。そういうこのクラスにおけるちょうど真ん中くらいの価値観と態度を彼女は持っているように思っていた。

その工藤が、さっきの行動。

井口や中川の一件が、皆の行動意欲を、仲間意識を、底上げしたのだろうか。

俺は姿勢を正した。

注意して自分の行動を決めなければならない。

油断すれば、すぐ、クラスの仲間ではないとみなされてしまうかもしれない。

そう思って緊張したのもつかの間、俺みたいな心配なんてまるでしない、マイペースな奴が笑いながら近づいて来た。

「元田、怪獣に魂とか食われたんじゃねえ？　あははっ」

笠井の陽気な笑い方に、救われる。

冗談だろうけれど、考えてみれば笠井の言い方は当たっているような気がした。俺が脅したことであいつが学校に来てないんだとしたら、魂を食べてしまったと言ってもいいかもしれない。

笠井は携帯を取り出し、俺に昨日見つけたという野良猫の写真を見せてきた。夜に見たことのある野良猫だった。

犬派か猫派かという話になり、笠井が猫派だと言うのであわせて猫派だと答えたちょうどその時、廊下側から大きな影がぬっと現れた。

「笠井、没収だ」

四組の担任だった。強面の教師にも、笠井はひるまず「ちょっ、まじかよお！」とわめいて見せる。その隙にクラスの何人かが自分の手をポケットや机の中に隠した。

「当たり前だろうが」

「大事なもんだから自分でちゃんと管理しときたいんすよぉ」

「なら家に置いとけ。学校に持ってくるんじゃない。ほらっさっさと」

差し出された手の平に、笠井がしぶしぶ携帯を載せると強面教師はうちの担任に渡しておくと言ってその場を去っていった。

余程《よほど》悔しかったのか笠井は「んだよぉ、皆持ってんじゃん中川とかぁ」と周りを巻き込もうとして愛あるひんしゅくを買っていた。

笠井が怒りながら席に戻るのを見て、俺は、前から気になっていたことの意味にようやく気がついた。

なるほど、そうか。

だから、井口の鞄にはトトロがついてないんだ。

大切なものだから。自分の手で管理できないところにいってしまうかもしれないから。

井口をちらりと見る。他の女子達の言葉にニコニコとしながら頷く彼女。

取り繕っているけれど、井口はもう、仲間意識の外側にはみ出てしまったんだと、納得した。

彼女も、怖いのだろうか……。

そんなことを考えるのはすぐにやめた。

ただ、井口の行動の意味を知ると、夜にはいつも携帯をいじっている矢野がお昼にまるでそんなそぶりを見せないのは当たり前だと思った。

あいつは身をもって知っている。大切な物は、相手を傷つける時にその標的に出来る。

ちょうど、緑川が図書室の本を持って教室に入って来た。

「おはよう」

「うん」

それ以上の言葉は、やっぱり返ってこなかった。

このクラスで唯一、ずれていることが許されている緑川のことについて、俺は、たまに考えることがある。

羨ましいとは思えない。

彼女だって一歩間違えれば矢野と同じだった。それが被害者になったことと、例えば彼女の顔が整っていることや決しておどおどとしないことなどを理由に、責められない位置にたっただけ。その位置だって、いつか踏み外すかもしれない。

緑川だってそれを知っているから、毎日これ見よがしに図書室の本を持っているのかも。私は可哀想なことに家の本を持ってくることが怖くて出来ません、なんて。もし作戦なんだとしたら、それはいやらしいほど成功している。

始業のチャイムが鳴ってから担任が到着し、笠井に放課後職員室に来るよう告げている最中、矢野がのろのろと教室に入って来た。「チャイム前に席につけー」とため息交じりの注意が飛ぶと、矢野は「は、い」とだけ言って、席に座った。

普段なら矢野の態度について諦めているのか、そこまで言及しないのがうちの担任なのだけれど、今日は違った。

「お前なぁ、これが受験当日だったらどうするんだ。はいって言ってすむと思ってるのかっ」

流石《さすが》に受験当日ならもっと気を付けるだろというツッコミと、矢野ならそんな日でも普通に遅れてきそうだという考えが同時に浮かんだ。

「おいっ、矢野っ」

面倒な説教だ、そう思っていると、次に響いたのは怒声だった。

「ニヤニヤするんじゃない！」

化け物の時と同じように、全身が脈打つのを感じた。

それから長い説教が始まった。最初は矢野個人への指導だったものが、やがてこのクラス全体の問題へとすり替わり、笠井の携帯の問題にも触れ、自覚がどうの、本分がどうの、話は一限前の休憩時間にまで食い込み、チャイムギリギリまで続けられた。

一限目の授業はそんなどんよりとした空気の中で始められた。そんな空気の中にいなければならないことに、皆が辟易としているのが肌にちくちくと伝わって来た。そして当然、うんざりだというその想いが、原因となった奴への苛立ちに変わるのもすぐだった。

そこからは、もう説明する必要がない。

〈金・夜〉


昨日の夜と変わらない夜を過ごした。

僕の気持ち以外には、全てが穏やかに思えた。


〈月・昼〉


目覚める、ということが化け物になるようになって以来ない。

だから夜との境目は体がどっちの形をしているかで決める。大抵、体が人間に戻るのは、午前四時から五時くらい。陽が昇りかける頃。もちろん化け物の体で帰宅した時、家族は誰一人起きていないし、朝食や登校までもかなり時間があるので、それなりに暇を持て余す。

何度か、二時間くらいだけでも寝てみようかと、布団にもぐりこんだこともあった。でも眠れずにいる間に一階からコーヒーの匂いが漂ってくるというのを繰り返し、諦めた。

今日も俺は部屋で一人、ベッドに座ってただなんとなく時間が過ぎるのを待っている。部屋の電気をつけて廊下に灯りがもれると家族から何か言われるかもしれないから、暗い中、カーテンを開けて静かに過ごす。土曜日からずっと曇っていて、月が見えない。

以前は携帯で控えめな灯りを作り、それを利用して漫画を読んだりもしていたんだけど、最近はそんなことをする気も起きず、宿題を済ませてからはただ部屋でぽつんと時間の経過を待つだけの置物みたいになっている。

その間、本当は何も考えないでいられれば楽なんだけど、何も考えないようにするのが楽じゃない。映画なんかでも心を無にするっていうのは武術の達人みたいな人が言うことだ、きっとかなりの修行がいるんだろう。

俺は、座っていたベッドに仰向けに寝そべる。天井を眺めると、寝れはしないけど、体が休まっているような気はした。

どうせ何か考えるなら、楽しいことの方がいい。

頭に手をやって、次の夜のことを思い描く。

夜になれば、俺はきっとまた、学校に行って矢野を陰から見守り、それから自由な時間を過ごすだろう。今夜は、何をしようか。

色々な行き先や時間の過ごし方を想像する。

この週末はいくつかの島を回ってみた。海を飛び越えた先には自然があり、普段は関わることもないだろう人達の生活があった。猫や犬以外の動物もたくさんいたけれど、俺に気付くと彼らは一目散に逃げて行ってしまった。

次はいよいよ外国に挑戦だろうか。アジアの国くらいなら、長居は出来ないまでも行けそうな気がする。もし成功したら、その後は世界中に。

そう考えていて、ふと、思い至った。

俺は一体、いつまで続くつもりでいるんだろう。

自分の夜に起こるおかしなことが、ずっと続くというような前提で考えてしまっていることに、ようやく気がついた。

でも、違う。

この夜に化け物になれるなんていうおかしな現象が、いつまで続くのかなんて分からないんだ。元田達を追い払った夜にも思ったことだったけれど、いつ普通の夜が来てしまっても不思議じゃない。夜の自由を失う時が来ても不思議じゃない。

そう、理解は出来ていたけれど、願わくは可能な限り長く続けばいいなと思った。じゃあ可能な限りって具体的に言えばいつまでだろうと考えると、いつだろう。

中学が終わるまで？　高校が終わるまで？　大学が終わるまで？　大人が、終わるまで？

はっきりとは分からないけど、出来れば、自由になるまでがいい。この窮屈さを感じなくなるまでがいい。それまでは、化け物の自分を用意しておきたい。

それも一体、いつまでだろう。

能登が言っていたらしい。

大人になれば、少しは自由になる。

本当だろうか。

本当だったとして、一体、何歳からだろう。

あと何年だろう。

それは、俺が化け物になるということだけに関係する問題じゃなかった。

あとどれくらいの間、俺は誰かがクラスメイトの夜を壊さないよう、見張りに行くんだろう。

あとどれくらいの間、矢野は、夜の学校に忍び込む生活を続けるんだろう。

いつまで、続く。

何かが起こっているような、ことだけでもない。

矢野が、空気を読まずに人をいらだたせることも。

緑川が、人とのコミュニケーションをとろうとしないことも。

元田や中川が、誰かを傷つけることに喜びを見出してることも。

井口が、もう自分の周りにいる人達を信じられないことも。

いつまで続くんだろう。

例えば、この学校を卒業してしまえば終わるんだろうか。

いくつかの高校に分かれてしまって、このクラスが記憶の中だけのものになってしまったら、メンバーの扱いや、性格や、信頼や、歪んだ趣味は変わったりするものなんだろうか。

その答えを、誰が知っているんだろうか。

改めて、能登はなんて無責任なことを言うんだろうと、八つ当たり的なことを思った。

それから人の心配なんかしている場合じゃないとも思った。今は自分のことで精いっぱいだ。

教室でミスをしないよう、皆からずれないよう、今日から一週間、また注意を払って生活しなければならない。想像すると、汗がにじんでくるような気がした。

大丈夫、俺には、夜があるから。

自分をなだめて、姿勢を右に左に動かしているうちに、人間達が活動を始める音がした。

登校する頃には雨がぱらついていた。ただでさえ憂鬱《ゆううつ》になる月曜日。傘をさして歩きながら、夜のうちにふっといてくれりゃいいのにと天気を呪った。

今日一日のことをなんとなく考えながら、道を歩く。月曜日はロングホームルームがあって、英語、数学。まあ特にしんどいってことはない一日だろう。

問題は、クラス全体が、先週金曜日の空気をどれくらい引きずっているかだ。そこをきちんと感じ取っていかなければならない。でなければ、あっという間にずれた側になってしまう。すぐに仲間意識の外にはじき出されてしまう。中と外なんて、昼と夜くらい入れ替わるのはあっというまだろうに、人間と化け物くらい、違ってしまう。

きちんと、正しい行動を選ばなければならない。

本当なら、明け方に考えていたようなことすらずれはじめてるってことで、許されることではないのかもしれない。

注意、しなければ。

「あっちー」

呼ばれて、我に返り、振り返ると、笠井が楽しそうにしていた。

「肩めちゃくちゃ濡れてんだけど、あははっ」

ぼうっとしていて、きちんと雨を防げていなかったらしい。俺は左肩を払って、姿勢を正した。体と、心の。

「あっちー、珍しいじゃん歩きって」

「そうか？　雨の時はいっつも歩きで来てるよ」

「へー、そだっけ」

比較的家から学校に近い笠井はいつも歩きで来ていて、帰りは誰かと二人乗りをしていることが多い。校則で禁止されている、なんて、学校の外に一歩出れば、なんの意味も感じないのだろう。

今日も雨の日特有の車組に追い抜かされながら、水たまりを避けつつ歩いているうちに、特に何かが起こることもなく、俺達は無事に校門まで辿り着いた。

無事に、と心の中で唱えて、そんな気楽なことを考えてしまった自分に、笑いそうになった。

ここからが本番なのに。

言うなれば、ここからが地雷原なのに。

笠井はなんの感慨もなさそうに校門を飛び越えて、ひょいひょいと地雷をものともせずに昇降口に向かっていく。相変わらず、凄い。

俺には出来ない。俺には笠井みたいな生き方に対するセンスが、ない。地雷を踏まないように、一歩一歩、慎重に慎重を重ねて、でもその慎重さを気取られないように生きなきゃいけない。でなけりゃ、暴かれて、はじかれる。

その一歩一歩に窮屈さを感じても、仕方がない。俺の性質の問題だ。なんだけど、たまに、いつまで続くんだろうと、明け方みたいに思ってしまう時がある。

俺は髪の毛から雨粒を飛ばすみたいにして首を振り、弱気な考えもはじき飛ばす。

注意して生きればいいだけだ。正しい方を選んでいけばいいだけだ。難しいことじゃない。

昇降口前、雨粒が誰かの制服を濡らしてしまわないよう丁寧に傘を畳んでいると、さっさと傘を畳んで先に中に入っていた笠井の元気な声が聞こえた。

「やっほー。のんちゃん、出かけんの？」

「のんちゃんじゃないっ」

傘をトントンと地面につきながら、俺達のクラスの下駄箱前で笠井と能登がやっていた小競り合いに近づく。見ると、能登は鞄と傘を持って靴を履いていた。笠井の言葉通りだとすると、今、保健室から出てきたのだろう。

「安達くんもおはよう」

「おざますっ」

「一年生の子が自転車でこけて骨折ったから病院に連れてくの」

「ほっといたら？」

「笠井は骨折った時ほっとかれたいの？　私がいない間も誰か先生はいるから。じゃあ、二人とも授業頑張って」

言うなり、能登はそそくさと昇降口から出て行った。

「保健室の先生ってそんなのもやるんだな」

彼女の背中を見送り、何気なく言うと、笠井は笑った。

「でも楽そうだしそれくらいやれって感じじゃね」

確かに、保健室の先生ってのは楽そうだ。

俺達に見えてる部分だけで言えば、だけれど。

実際のところ、それ以上のことを思う必要なんてないんだろう。自分の見えている範囲以上のことを考える想像力なんて、生きていく上で無駄で、余計《よけい》だ。笠井はそれをよく分かっている。

下駄箱で運動靴を上靴に履き替えて、いよいよ、いつもと変わらない一週間がまた始まる。

別に、いつもと変わらないことを、俺は好きでいるわけじゃないし、特別に嫌いでいるわけじゃない。ただ、この特別に悪くない日常が、俺の毎日が壊れないように気を付けなければいけないというだけだ。

本当は何も考える必要なんてない。自由な場所だの、大人になったらだの。

正しく毎日を生きる。交通事故にあわないように注意することよりも簡単だ。自分がするべきでない行動だけ、しないでおけばいい。

いつまで続くか、なんてここでは考えることじゃない。

守らなくちゃいけないのは、ここで普通に登校出来て、授業を受けられて、休み時間を得られる、自分の居場所だ。

悪くないものが、特別に悪くなってしまわないよう。そうっと守ってきた自分の立っている場所を、これからも守らなくちゃいけない。

それくらいだ、人間の俺に出来ることなんて。

化け物の時とは違う。想像力なんて持ったら、自分に専念できなくなる。

いつもと同じだ。いつもと同じようにしてさえいればいい。

いつもと、同じように、正しい行動を、とる。

心に決めて、背すじを伸ばして。笠井と一緒に階段を上り、廊下を歩いて、教室に一歩入った。

その時、だった。

足元に、何かが飛んで来た。

どんな経緯があって、どんなことが起こっていて、どうして、それが、俺の足元に転がってきたのか、知らない。

それが、なんだったのかも、この時点では分からなかった。

ただ、笠井以外、教室中の視線が、俺の足元に転がってきたそれと、俺に向けられていた。

なんだと思い、その、床に落ちた白い膨らんだ紙袋をちらりと見る。そこには何かが書かれていた。

よれた文字列が目に入る。

『矢野 さつき』

矢野のものだ。

判明した、その瞬間。

明け方から考えていた色々なことが頭の中を渦巻いて、あるところで全てが真っ黒になった。

その黒の中にぼんやりと井口のことが浮かんだ気がする。

いや、本当は井口じゃない。井口を襲った、もっと、怖いもの。

なんで、今日に限って？

俺は、もう一度、教室にいる皆の顔を見てしまった。

その場にいた全員が、俺の行動に注目していた。その中には、「あー」と言いながらこちらに駆け寄ってくる矢野もいた。

背すじに、冷たいものが流れた。

正しい行動を。

思わず、なんてそんな言い訳は出来ない。

気づけば、なんていうそんな偶然みたいなものじゃない。

俺は、きちんと、足元のそれを確認した。

短い時間の中とはいえ、自分で考え、判断して、行動を決めた。

俺は、その白い袋を、右足で踏みつけた。

ぐしゃりっ、と中のものが音をたてる。

その音は魔法を解く鍵か何かだったみたいだ。俺の一歩を境として教室の中の時間がまた動き出し、皆が俺から視線を外してそれぞれの行動に戻った。

自分への疑いが晴れた音だったんだと、俺は安心する。このクラスの一員として、正しい行動をとれた。

俺は紙袋を踏みつけたのを一歩目として、自分の机に向かった。

分かってる。普通なら、非難される行動だ。でもこのクラスでは正しい行動だったはずだ。いつものように選んで、このクラスで正しい方向を向いただけだ。そう、自分に言い聞かす。

高鳴りそうになる心臓を必死に抑え込みながら、机に鞄を置くと、横の工藤から横っ腹をこづかれた。何かをとがめられるのかと思ってビビると、彼女は爽やかな笑顔を浮かべていた。

人のものを踏みつけた、それが悪いことだってのは、工藤にだって分かっているだろう。工藤だけじゃない、クラス中の人間にそれくらいの常識はあるはずだ。

なのに、工藤が笑っていて、皆が誰一人、俺をとがめないのは、ここでだけ俺のとった行動が正しかったからだ。常識より、矢野に対する嫌悪感や怒りがこのクラスでは尺度として勝っているからだ。その尺度こそが、ここでは大事なんだ。

それは分かっている。

なのに、重々承知しているはずなのに俺が、このクラス内の常識で自分の心を慰められないのには、心臓の鼓動がどんどんと加速していくのには、俺しか、俺と矢野しか知らないはずの事実が、正しさの邪魔をしてくるからだった。

全身が熱くなる、心のある部分が暴れまわっている。

俺は、もし許されるなら、今すぐ矢野を問いただしたい気持ちでいっぱいだった。

なんでだよっ。

大切なものは、昼の学校には持ってこないんじゃなかったのかよ。

あの白い膨らんだ袋の中身がなんだったのかは知らない、躊躇《ちゅうちょ》しちゃならないと焦って考えもしなかった、でも、あれが何の為のものだったかを、俺は分かっていたはずだ。

なのに、踏みつけた。

「あー」

と言いながら袋を拾った矢野は、白い袋を開け中をのぞくと「割れて、る」とつぶやいて、とぼとぼと教室後方に移動し、自分のロッカーの中にしまった。その姿を、楽しそうな工藤と一緒に見た。

想像力を働かせたわけじゃないんだ。

ただ、あの袋を見て、知ってしまったにすぎない。

そこに想像力なんて全く必要ない。

心の中にある、罪悪感の場所を、俺は今初めて知った。

その場所がふくらんで、はちきれんばかりになった。

踏みつけた白い袋、ついた足跡の下に、よれた文字列、矢野の名前の他にもう一つ、見てしまったからだ。

『のとせんせいに』

へ、だろ。

しょうがないんだと、心の中で何度も言った。

〈月・夜〉


昼に渡すしかないから、持ってこなきゃいけなかったんだ。

登校時に渡さず、クラスにまで持ち込んだのは、能登先生が怪我をした一年生の対応で忙しい時に保健室を訪ねてしまい、会えなかったのかもしれない。

今週とだけ聞いていたから、今日が能登先生の誕生日だったなんて知らなかった。

でもそんなことは罪悪感を消し去ることになんら貢献してくれない。

だから、夜の僕は、謝りに行くことにした。

昼の彼女に謝ることは出来ない。だからせめて夜に。化け物の僕ならそれくらいのこと、出来るから。

久しぶりに夜の矢野さんに会う。それも、僕からのちゃんとした用事を持って会いに行くのは初めてな気がして、少し、緊張した。

ひょっとしたら今日来ないかもしれない、そんな可能性もあった。雨だし。もしかすると、僕にされたことで落ち込んでいるかもしれない。

矢野さんが今夜いたとして、謝ることの抵抗もある。謝るならするなよと、そう言われても仕方がないし、僕のしたことは、あのクラスの一員としては間違っていないけれど、矢野さんに理解してくれというのは無理がある。

そして大きな不安もあった、もし文句を言われるくらいならいい。もしそれ以上の反応を矢野さんに見せられたら、僕は、どうするだろう。

矢野さんの顔を、思い出す。

いつもより少し遅めの変身を終え、僕は学校まで、飛んで行った。想像力で巨大蝙蝠《こうもり》のような翼を生やし、大空を羽ばたいた。この翼を見たら矢野さんは喜んでくれるだろうか、罪滅ぼし的にそんなことも考えた。

いつも通り学校に着き、屋上に降り立つ。初めてここに来た時のことを思い出していた。けれども、あの時の高揚が今はない。あの時と同様にあるのは、緊張感だけだ。

夜の学校は、今日も静かだった。昼間はあんなに騒がしく、人の体温に満ちていて、閉鎖的な校内、夜は窓一つ開いていないのに、昼より余程《よほど》開放的に思える。

僕が化け物だからで、今ここに誰もいないからだ。人間の時の僕は、壁や天井じゃなく、人の正義感や悪意や仲間意識に閉じ込められている。

矢野さんは、僕なんかよりずっと窮屈で息苦しい想いをしてるに違いない。

そうか、だから夜に、彼女は開放された学校で息継ぎをしているのかもしれない。

こんな時に、初めて、彼女の言う夜休みの意味をきちんと分かった気がした。

すぐに教室の前まで来て、僕は、覚悟を作る前に扉を開けた。覚悟なんて待ってたら、いつまでも顔を出せなくなる。

教室の中、いつもの自分の席に、矢野さんは座っていた。

彼女はこちらを見ると、馬鹿みたいに口を開いた。

「わー久し、ぶりー」

夜に来なかったのはたったの二日、週末をいれてもたった四日のことだったけど、矢野さんにとっては、時間の感じ方が違うのかもしれないと思った。

お昼がとても長い時間に感じられるのかもしれないと思った。

「うん、久しぶり」

僕は、教室の後方に移動して、すわりのいい体の大きさになる。

どう切り出したものかなと考えていると、矢野さんは携帯をポケットにしまってこちらに振り返った。

「ねえ」

いきなりお昼のことを責められたらと不安になる。

「どこか楽し、いところには行、った？」

違った。

いつもと同じように唐突な質問。夜に、という意味だよなと考えて頷いた。

「色々行ったよ」

「へ、え」

「でも楽しいところは、別になかったな。夜中の観光地にいくつか行ってみたんだけど、誰もいないし、神社とか、めちゃくちゃ不気味だった」

「そんな姿、のくせに怖が、りだね」

相変わらず、矢野さんは言葉のチョイスを間違っていると思う。くせに、って言い方は衝突や勘違いを生みそうだ。けど、今日は言わないでおいた。

「あっちー、くんは、ヨーロッパとアジア、どっち派？」

「何その二択。どっちも行ったことない」

「そっか、考え、たの。夜のその姿で外国に行、って時差でお昼になっ、たらどうな、るんだろうって」

「……確かに、どうなるんだろ」

考えたこともなかったけど、矢野さんの疑問の答えは確かに気になった。

「海の上でお、昼の姿になっ、ちゃったりしたら大変だ、ね」

「……危ないな」

外国に行けるのかとか、今日の明け方にも考えていた。やめておいた方がよさそうだ。

「あっちー、くんの想像力の力で、時間を操っ、たり出来、ないのかな」

「無理だよ。自分に関係ないことは出来ないと思う」

いくら夜の僕にでも、出来ないことはある。

「そっ、かー」

矢野さんはとても分かりやすく、わざとらしいほど分かりやすく残念そうにした。天井を向いて、だはーっとため息をつく。

「ずっと夜にい、られるかもって思、ったのに」

「……」

体がざわめくのを、僕は隠した。

ずっと夜にいられたら。

それは、矢野さんにとって、切実な願いだろう。

でも、そんなのは無理だ。彼女にとって地獄の始まりのような朝は必ず来てしまう。明けない夜はない。絶対に叶わない願いなんて、痛すぎる。

試したの？　なんて彼女は言うだろうか。

残念ながら、もし僕の想像力が夜を続かせられるというなら、とっくにそうなっているはずだ。

夜の彼女と出会うより前に、そうなっている。

僕だって、ずっと夜が続けばいいのにと思っている。

夜が終わらなければと願い続けている。

なのに、いつも太陽が昇る。僕は人間の姿に戻って、着替え、朝食を食べて、学校に行く。

学校という場所を、心底嫌っているわけではない僕でもそんなことを思うんだ。

矢野さんの言葉が、ただの思い付きじゃないことくらい痛いほど分かった。

想像力で実現出来る力を渡せたらよかったのにと思う。

僕なんかよりずっとずっと強い想いが、永遠の夜を作ってくれるかもしれない。

「じゃあ今、日は何す、る？」

どうやらざわめきはばれなかったようだ。

「何する、って言っても」

僕の今日の目的は謝ることだから、もちろんそんなこと考えてない。

考えてはなかったけど、僕は矢野さんの言葉に少し安心した。矢野さんがお昼のことで特別落ち込んだ様子じゃなく、いつもと同じ提案を投げかけてきたことに。皆がやっていることの延長線上だと、しょうがなかったんだと、理解してくれているのかもしれない。

それにしても僕は、まだ切り出し方を思いついていなかった。

「野球部の窓も割られてないしね」

「多分追いつ、かなくなったんだよ」

「何が？」

「体育、館に行っ、てみようよ」

矢野さんは僕の質問なんて無視して自分の希望をあげた。いつも通りだ。いつも通り。

体育館はいいかもしれないと思った。ここより開けた空間で、真剣すぎる空気を作ることなく、謝ることが出来そうだし、色々と手持無沙汰を誤魔化《ごまか》すことも出来そうだ。

僕は矢野さんの提案にのることにした。

「あっちー、くんには意見はな、いの？」

「別に夜の学校で行きたいところなんてあんまりないよ」

「あっそ、う」

矢野さんの言葉には、実はもっと深い僕の心根を否定する意味合いが含まれてるのかもしれないと、ちらり思ったけど、きっと僕の深読みに過ぎなかった。

矢野さんを先に退室させ、僕が鍵を閉める。分身を用意して、先に行かせるともう何度も見ただろうに「便利だ、ね」と矢野さんは言った。

階段を下り、体育館に向かう。矢野さんの足音はいつもと変わらず大きくうるさかったけど、注意はしなかった。

更衣室の前を通り過ぎて、いつか僕が矢野さんを蹴った場所を通り過ぎる。渡り廊下の先、体育館の扉は固く閉ざされていた。

矢野さんを扉の前で待たせて僕は先に中に入った。

液体のような状態から化け物の姿に戻り、感じた体育館の内部は、まるで密閉された牢獄の中みたいだった。

キンと静まり返っているというのに、お昼の体育や部活で生まれた音がまだ閉じ込められ、反響しているような気がした。

僕は、物理的に閉じ込められた感覚が怖くなり、さっさと尻尾で扉を開ける。

外で待っていた矢野さんは、礼も特に言わずに靴を脱いで体育館に足を踏み入れた。わざとらしい動作で息を思いっきり吸う。

「音がす、る気がする」

彼女の動作から、匂いじゃなくて？　と思ったけど、音がする気がするのは僕も同じだったので言わなかった。

尻尾で扉を閉めると、矢野さんは「おおお」と声をあげた。

「真っ暗だ、ね」

「うん」

非常灯が灯っているとはいえ、体育館の中で人間の目にあの程度の灯りじゃ心もとないだろう。

「ちょっと待ってて」

矢野さんをその場に待たせて二階に飛び上がり、高い場所にあるカーテンを全て尻尾で閉めてから、電気を一列だけつけた。これで人間の矢野さんにも見えるはずだ。外からは少しも見えないことを願う。

僕が下に戻ると、矢野さんは、壁に駆け寄り体育館のへりを歩きだした。僕は体をすわりの良いサイズに変える。

僕と違って体の小さい矢野さんは歩幅も小さく、一周するのにそれなりの時間を要してこっちに戻って来た。

戻ってくるなり、彼女は天井を指さした。

「ねえ、あっちー、くんあれ取っ、てよ」

見上げる、も、最初矢野さんの言うあれがなんなのか分からなかった。彼女の指さす先には、天井があるだけだ。

「ボー、ル」

そこまで言われてようやく気付いた。僕も勘がよくない。

どうしようかと一瞬考え、矢野さんから離れて、翼を広げた。期待通り、矢野さんからの「お、お」という控えめな歓声を背中に受けて、飛び上がる。ジャンプでも行けたけれど、わざわざ飛翔したかいがあった。

天井の鉄骨に挟まったバスケットボールを尻尾でつついて落とす。下にいる彼女の顔にぶつかりでもしたら危ないので、途中でキャッチして体育館内をくるりと旋回し着陸した。

リズムの整っていない拍手の方向に優しくボールを放ると、ちょうど矢野さんが拍手のために取った手と手の隙間にすっぽりおさまった。

また、ありがとう、も言わず彼女はボールを一度地面についた。力加減と角度が上手くいかなかったのだろう、ボールはあらぬ方向にはね、僕の方へと転がってきた。尻尾で掴んで、投げ返すと矢野さんは後ろにそらし、とてとてとボールを追った。

しばらく下手くそにも程があるドリブルの練習や、まるで高さの足りてないフリースローの練習をしていた矢野さんはやがて疲れたのか飽きたのか、こっちに近寄って来てボールを投げつけてきた。なんだいきなり。

尻尾で受け止めて投げ返すと、今度はきちんとキャッチし、またこちらに向かって投げてくる。どうやら、キャッチボールで手持無沙汰を埋めようとしているらしい。それくらいなら、付き合う。

何度かボールが行き来して、そのうち何度か矢野さんがボールを後ろにそらしているうちに、天井にぶつかる雨の音がだんだんと強くなっていった。閉じ込められているけれど、守られている。

「あっちー、くんがいてこの、子よかった、ね」

また矢野さんが唐突に言う。この子？

「この子って、このボール？」

「う、ん。ちゃんとボー、ルとして生き、てるのを見ら、れてる」

「生きてないけどね」

「黙っ、てるだけで生きて、るかも」

「怖いよ。投げたりしてるんだから」

会話とキャッチボール。

なんだか、楽しんでしまっているような自分がいた気がする。

「ハリー・ポッ、ターの世界に出、てくるんじゃな、い」

「まあ絵とか、ほうきとか、喋ったり動いたりするからね」

「なるほどだ、からあ、の馬鹿やめ、たんだ」

「何が？」

「でもま、だ気を付け、た方がいい、よ」

「だから何のこと？」

「あっちー、くん、は」

相変わらず人の話なんて聞かない矢野さんは、全身の使い方が下手で、投球フォーム中の声は、いつもよりイントネーションがおかしかった。

「うん」

「昼の姿と夜の姿、どっちが本、当?」

力が、さっきまでよりこもっていたのだろうか。

投げられたボールは、僕の体の上を通り過ぎた。背後で、床との重い衝突音が音の波になって黒い粒を揺らした。

「え?」

「ボール取、ってき、て」

矢野さんは何気ない感じで真っすぐ、こちらを指さした。僕は従い、振り返って、背後にあったボールを尻尾ですくい取る。

「投げ、て」

僕が山なりに投げたボールを、矢野さんは上手くキャッチした。

「人間の姿派?　今のその姿、派?」

「いや、え」

「どっちなん、だろうと思、って」

矢野さんはボールを持ったまま、言葉だけを放って来た。

「どっち、が本物な、のかなって」

それは、何を指して言っているんだろうか。

「私は、ね」

訊いていないのに、矢野さんはいつもみたいにまた自分のことを勝手に喋り始めた。

「私はどっちもな、いよ。どっちもな、い、昼も夜、も別にない。私はなん、にも違、くない。周りが違、うだけ。周りの時、間や人や物や雰囲、気が違、うだけで、私は昼も夜も一、緒。どっちも何、もない」

「……」

「でも、あっちーくんは昼と夜で全然違、う」

なんのことを、言っているんだろうか。

「だからどっちな、んだろうって」

まるで探偵を気取るように、矢野さんは僕を指さした。

「会わ、ない間に考え、ていたよ」

楽しそうに、矢野さんはおどけていた。

彼女に指された黒い粒達が、静かに震える。

矢野さんは、こちらに向けた目をじっと、そらさなかった。

「知りた、い」

「……」

僕は、息を一つ、飲みこんだ。

ひょっとすると彼女に、そんな強かさや賢さは、ないのかもしれない。

本当に、ただ単純に、彼女は疑問に思っただけなのかもしれない。

人間の姿の僕と、化け物の僕、どっちが本物か。前にも訊かれた、化け物の姿で産まれてきたのかって。だから、矢野さんは無邪気に質問をぶつけてきたんだっていう方が、自然だった。

にもかかわらず、彼女のふざけている様子が、僕には、本当の感情を隠す為にやっているように見えた。中川さんが、笠井に責められて、笑ったみたいに、別の表情で隠したんだと思ってしまった。

罪悪感の仕業だろうか。

責められているんだと、思った。

僕には、矢野さんが、僕への怒りをひた隠しにしているように見えた。

もちろん、人間の僕がやった、あのことに対して。

表に出さないのは、守るためだ。

井口さんや、中川さんとも同じように、今の時間を守るためだ。

怒ってしまえば夜の時間が崩れてしまうから、怒ってしまえば僕と矢野さんの間にある関係がなくなるかもしれないから。

そういう理由で、彼女は感情を抑え、自分にとって納得のいく答えを僕から引き出して気持ちの落としどころを作ろうとしているのではないかと、そう思った。

その想像が正解なのかどうかなんて僕には分からない。

矢野さんの質問に、どう答えれば、納得してもらえるのかも分からない。分からなかった僕は、ひとまず、逃げた。

僕は質問に答えなかった。代わりに、矢野さんからの質問を飛び越えた、彼女が本当に求めているんだろう言葉を、吐いた。

「ごめん……」

誤魔化《ごまか》し、だったけれど、考えてみれば、そちらの方が二人ともの本来の目的が果たされるはずだった。

矢野さんの、自分の気持ちを誤魔化した質問に妥当な言葉を返すことなんかよりずっと、意味のあることのように思えた。

だから本当のことを言えば、矢野さんが意味深な質問をしてきてくれたことは、僕にとっても都合がいいことだったのかもしれない。

「何、が？」

矢野さんは、ボールを手元でころころさせながらわざとらしく、首を傾げた。やっぱり、僕からきちんとした謝罪を引き出したいんだと、思った。

普段ならそのあざとさに、化け物の腹がたったかもしれない。けど、今日に限っては彼女の感情は正しいものだった。怒りを向けられて、当然だ。あんなことをしたんだから。

でも、謝ることは、当然じゃない。お昼の僕には出来なかった。

化け物の僕になら、出来る。

だから、僕はきちんと化け物の姿で立ち上がり、大きな頭を彼女に向かって一度下げた。

「ごめん」

「う、ん？」

矢野さんは、なおも不思議そうなふりをした。

くりくりとした、子供っぽい大きな目。

思い切り見開かれていて、馬鹿みたいに見えた。

「あの」

言いかけて、一度口を閉じてしまう。勇気が、いった。

故意に悪いと思うことをした経験なんて、ほとんどない。故意に悪いと思うことをした相手に謝ることなんてもっとない。自分自身にだけ責任があることなんてもっともっとない。

でも、だからこそ謝ろうと思った。

悪いと思ったからだ。

悪い。

悪い？

どっちが？

「あの、今日」

どっちが？

今日やったことと、日々やっていることの、どっちが？

積極的にいじめることと、消極的にいじめることのどっちが？

元田や中川さんと僕のどっちが？

矢野さんと、僕らのどっちが？

「能登先生へのプレゼント、踏んで、ごめん」

頭の中には違う言葉や疑問が充満していたのに、僕は、構いもせず用意していた言葉をそのまま彼女に渡した。余計《よけい》なことを考えて気にしていたらいつまでも言えなくなると思ったからだ。

だから言えたことを僕はよかったと思った。

それでもつい、緊張や色々なもので目をそらしてしまった。

すぐにそれが、謝ったことを嘘っぽく見せてしまうんじゃないかと気づいて、矢野さんの顔を見た。

見た。

見て、僕は、謝罪を受け取った矢野さんの表情を、その変化を、しっかりと八つの目で捉えてしまった。

彼女は、唇をひくつかせた。

矢野さんは、僕に向けて、にんまりと、

「お昼のこ、とを謝ら、ないで、よ」

笑わ、なかった。

唇を尖らせた矢野さんの返事は、以前に聞いたことのある言葉だった。

正直なことを言うと、僕は、矢野さんがそう言うんだろうことを予想していた。

予想は当たった。だからそれはいい。それは。

実は、元々僕が一番に恐れていたのは言葉ではなく、矢野さんの表情だった。

僕だけが意味を知っている、あの顔をされたらどうしようと、思っていた。

彼女がひどい奴らに向ける、あの顔をされたらどうしようと、思っていた。

でも結果、彼女はその顔をしなかった。

だからそれもよかったはず、なのに。

「笑わ、ないの？」

何故だか、余計《よけい》な言葉がギザギザの口からこぼれた。

「ん、ん？」

「僕が、あんなことしたのに」

そんなことを訊く必要はないはずなのに、自分から責められるポイントを掘る必要なんてないはずなのに、口から出た言葉は化け物の僕にも戻せなかった。

矢野さんは、目を見開き「あ、あ」と手をわざとらしく叩いた。

そうして、笑った。おかしそうに、笑った。

にんまり、じゃない、自然な笑顔を見せた。

「あっちー、くん、は、怖くない、よ」

「…………なんで」

勝手に口が動いた。

「なんでだよ、あんなこと、したのに」

声が、体育館内の空洞に何故か余計に響いた。溜まっていたお昼の音やにおいが、全てかき消されたような気がした。

「なんで、って」

矢野さんは、首を傾げた。不思議そうに。

僕も、自分がなんでこんなことを訊いているのか分からなかった。

「だって」

「……」

「あっちー、くんは見、てくれるか、ら」

誠意のかけらもなかった僕の質問。なのに矢野さんは、きちんと答えをくれた。

でも、僕はその答えの意味もまるで分からなかった。

本当に分かっていなかったからだと思う。

「ひょっとし、て、あっちー、くん、は」

続く矢野さんの言葉に、僕は雷を落とされた気がした。

「怖がって、ほし、いの？」

……あ。

「変、なのー」

矢野さんが一度ボールをつくと、今度は上手く彼女の手元に戻って来た。ボールと床の衝突する音が、僕の心の中にあった膜を破ったのかもしれない。

僕は気がついた。

膜の中にあった本当のことが一気に頭の中に溢れ出し、気づきとなって僕の全身を痺《しび》れさせた。

あ、ああ、そうか。矢野さんの質問に、僕は言葉を返せなかった。

頭の中の言葉が全てなくなってしまったわけじゃない、ただ、彼女の質問に対する本当の答えが、誰かに見せられるようなものじゃなかっただけだ。

矢野さんの言葉を受けて、僕は、今まで心に抱えていたものの名前を勘違いしていたことにようやく気がついた。

その気づきは信じられないことだったけれど、誤魔化《ごまか》しようがなかった。

心の中にあった、罪悪感だと思っていた場所に針が突き刺さったような痛みを感じた。

矢野さんの言葉に、刺されたからだ。

図星を。

「あっちー、くんの方が変じゃ、ん」

「……」

「屋上で私の、こと変って言、ったの返し、てよ、いひ、ひ」

僕は、矢野さんに怖がってほしかった。彼女の言う通りだ。

理由は簡単だ。だって、そうすれば、もう、彼女のことを気にしなくても済むかもしれないから。

怖がられて嫌われてひどい奴だって思われて。

切り捨てられれば、それも楽だって思ってたんじゃないか。

一応謝りはして、でも相手から拒否されたんだからこれ以上何も出来ない自分。それが楽だって、そう思ったんじゃないか。

心の奥にその気持ちがなかったなんて、言えない。

だって僕はずっと、助けを求められることを怖がってきた。

だから、迷いもせずこうやってのうのうと謝りに来られたんじゃないか。

きっとどこかで、今日のことをちょうどよかっただなんて思った。

心の中に見つけた、黒い塊の居場所、そいつの名前は、罪悪感なんかじゃ、多分なかった。

「あー、それと、も」

僕の黒い胸中なんて知らないだろう、矢野さんは僕を指さし、不思議そうに首をくにゃくにゃに傾げたまま、言った。

「あっちー、くんは、あっちー、くんの、こと怖、いの?」

「……へ?」

「大丈夫、怖くな、い」

ナウシカみたいなことを言う矢野さんはにんまりじゃなくへらへらっと笑った。でも、僕が何も言わなかったものだから、もう一度首を逆方向に傾げた。

「違うの？」

「……」

「じゃあ、もしかし、て」

矢野さんは、僕じゃなく、自分を指さした。

「あっちー、くんは私が怖、い？」

それは、矢継ぎ早に投げかけられたさっきからの質問の中で、僕が頷くことの出来た唯一の質問だった。

ただ頷くと、矢野さんは自然と、嫌そうな顔をした。当たり前の反応に、ひるむ。

「なー、んで、何もひど、いことしないじゃ、ん」

その通りだ。矢野さんは空気が読めなくておかしくて鈍くて、でも、僕にひどいことは何もしない。

ただ、何かを怖がるのなんてそんな単純な理由だけじゃない。

「……分からないから」

「何、が？」

自分の中の黒い部分に気付かれたくなかったずるい僕は、手の平の見せられる部分だけを見せることで、誤魔化《ごまか》しの潔白を証明しようとしたんだと思う。

ずっと持ってきた、本音を渡した。

「自分と違いすぎて、矢野さんの考えてることが分からないから」

だから、しょうがないってことを言いたかった。

「えー違、うに決まっ、てるくない?」

矢野さんのその言い方は、馬鹿にしたようではなかった。

「考え、てることなんて分からなくな、い?」

矢野さんは本当に、僕の考えてることも言ってることもまるで分からないというように眉間にしわを寄せた。その顔だ。分からないということをまるで隠そうとしないその顔が、怖い。

「それならあっちー、くん誰と一緒な、の?」

誰、と。色々な人の顔が頭の中を通り過ぎる。矢野さんは、自分の顔の前で手の平を広げて、親指を折った。

「いじめるのが好、きなふりし、て本当は誰かを下に見、てないと不安で仕方な、い女の子?」

誰のことだろう。

次は、人差し指を折る。

「頭がよ、くて自分がどうす、れば周りがどう動、くか分かって遊んでる男、の子?」

誰のことだろう。

そして、中指を折る。

「喧嘩しちゃっ、た元友達が、ひどいことされてて仲直りも出来な、くて、誰に対しても頷くだけしか出来、ない癖に責任を勝手に感、じて本人の代わりに仕返、しをして、る馬鹿なクラスメイ、ト?」

一体、誰のことを言っているんだろう、彼女は。

最後に薬指と親指をまとめて追って、グーを作ってからその拳を矢野さんは僕に向けた。

「私もあっちー、くん、もその子、達それぞれも違、うよ。違うことは当た、り前だよ。だから考え、てることなんて分、かるはずない」

「……」

「それでもあっちー、くんは、私を怖、い？」

訊かれて、今度は頷かなかった。矢野さんの言っていることは僕の言いたいこととはまるでずれているように思えた。同時に、彼女の言うことにそうかもしれないと思う自分がいた。

迷っている間に、矢野さんの表情が変わった。

矢野さんは、眉尻を下げて口角を少しだけあげた。それが、嬉しさやおかしさからくるものじゃないことはすぐに分かった。にんまりとは違う、でも、嘘の感情を作った、笑顔。わざとらしいくらいに、本当の感情を隠そうと表している、顔。

「悲し、い」

瞬間、矢野さんのポケットからけたたましいチャイムの音が鳴った。

校門で別れる時、「また明日」と、誰も言わなかった。

一人になって、やみくもに走った。なんの意味もなかったけど、じっとしていられなくなって、走った。

気がつくと、暗い山の中にいた。木々の間を抜け、動物とすれ違い、川のほとりに出た。頭上にあった枝葉がなくなり、雨が直接、僕の体に降りそそいだ。

化け物の体だ、寒くはない。寒くはないけど、心の底が震えているのを感じていた。

じっと目をつぶり、深呼吸をしても、その震えはどこにも行ってくれない。

悲しい。悲しい。悲し、い。

矢野さんのあの笑顔が、頭からはがれなかった。

今日の目的は果たされたはずだった。

僕は謝った。そして、矢野さんは多分、僕を許してくれた。

それでよかったはずだ。

なのに、震えている。

矢野さんは、僕に怖がられていることを悲しいと言った。

いじめられてることも、状況が悪くなったことも、僕が大切な誕生日プレゼントを踏んだことにも、悲しいって言わなかった矢野さんが。

僕が怖がっていることを悲しいって言った。

それが、どういう意味か、考えて全く分からないほど、この頭は悪くなかった。

例えば、僕なら誰から怖がられたら悲しいか、誰から近づきたくないと思われたら、悲しいか。

考えてみれば、想像がついた。

信じている人だ。

その全てじゃなくても、その人のどこかを信じられる人。

きっと矢野さんは、信じてくれているんだろう、僕を。

いや、ただの僕じゃない。

お昼にあんなひどいことをしても、夜にはきちんと謝りに来てくれるこんな僕を、だ。

だから、昼の僕と夜の僕のどっちが本物か訊いたんだ。

きっと、夜の僕こそが本当の僕だと、謝ってくれるのが本物で、ひどいことをするのが偽物だと、確かめたかったんだ。

本当は、違うのに。

罪悪感なんて、どこにもなかったのに。

川沿いを歩いていると、前方に小さな動物と大きな動物がいた。

化け物を前にしても、大きなクラスメイトを前にしても、逃げ出さない矢野さんのことを思った。

狩りの場面だと思い、僕が声をあげてうなると、二匹ともが別の方向へ一目散に逃げて行った。

「×××」

そもそも、僕は謝って、どうするつもりだったんだろう。

謝って、まさか明日また足元に飛んで来たら踏むからって言うつもりだったのか。

明日も同じように無視するけど、ごめんねっていうつもりだったのか。

自分勝手な落としどころを作ろうとしただけだ。

つまり、自分の為だ。謝ろうとしたのは。

優しい人ぶって。優等生ぶって。

誰もいない暗闇の中で、誰に謝ったのかは分からなかった。

「………ごめん」

分かったことは、僕が、矢野さんを積極的にいじめてる奴らよりよっぽどひどい生き物だってことだ。

自分より弱いものを狩って生き延びようとする獣の方がよっぽど透明だ。

嫌いな奴を責める、そういう風に立ち位置を決めてるあいつらの方が、よっぽど透明だ。

おもむろに、地を這う、六本の足を見る。

表面を黒い粒がざわざわと這い回り、小さな虫達が身を寄せ合うようにして生き物の形を作っている。見れば、見るほど、おぞましい。

でも、どっちが？

矢野さんはきっと、今夜僕を待っていた。

夜休みに付き合ってくれる僕を。

夜の時間だけでも、友達のような僕を。

彼女の何かを見ているんだという僕を。

化け物の、僕を。

こんな、恐ろしい姿の僕を、待っていた。

騙されているんだ。

僕というひどい生き物に。

八つの目で暗闇を映しながら、四本の尻尾を揺らし、僕は山を登る。

どの生き物よりも広いはずの視界は、もはや考えの中に埋もれ、前を横切る動物も、岩に根を張る大木も、足元で静かに咲く小さな花も見つけることが出来なかった。

一体、どれのことなんだ。

夜の時間、黒い粒をまとって六本の足を生やし八つの目をぎょろつかせる姿。

昼の時間、人間の姿をして皆からずれまいといじめに加わる行動。

それとも、いつも心の中に巣くって生きている、矢野さんが信じたような僕を覆い隠してしまうほど大きく育ったこの黒いもの。

どれのことだ。

化け物って、本当はなんのことだ。


〈火・昼〉


分からないまま、朝が来てしまった。

頭が重かった。あの姿でも長時間濡れていたら風邪をひくんだろうか。

体もどこかだるく、学校を休んでしまおうかという考えが重い頭をかすめたけれど、かすめただけで、俺は一階に下りて母さんの用意した朝ご飯を食べた。今日は、トースト一枚しか入らなかった。

制服に着替える途中で思いついたけど、熱ははからないでおいた。数字で見てしまったら、きっと萎える。

体に不調を感じると、改めて自分は自分の体を持っているんだと思った。夜、大空を駆け回っている時とは逆の感覚だ。周りの空気や音と自分がまるで違う存在なんだということを、全身で知ることが出来る。出来て、別にいいことがあるわけじゃないけど。

家を出ると、雨はもう降っていなかった。でも、歩くことにした。

一歩一歩、昨日と全く同じ道を行く。もう何度だって歩いたり自転車で走ったりした道を行くのに、今までとは違うようにふと思える瞬間があった。風邪、みたいなもののせいだろうか。

視線を下げて、いくつもある水たまりを見ながら歩いていると、進行方向に小さな運動靴が見えた。

「おはよっす」

顔を上げる前に女子の声が聞こえた。誰だかの判別はそれでついたけど、意外だった。

「おう、おはよ。あれ、工藤こっちじゃないよな?」

こっちというのは通学路のことだ。俺達の学校に通う生徒が使う通学路は主に三方向に分かれているんだけど、工藤は北にある大通りの方に住んでいる。

工藤は軽く声に出して笑ってから、「まあまあ」と言った。適当な答えに、重い気分を抱えていた俺も軽く笑ってしまう。

「何がまあなんだよっ」

「お姉ちゃんの家に泊まってて車で送ってもらったんだけどさ、いっつもチャリで来てんのにいじられんの嫌だからおろしてもらったってわけ」

「へぇ」

体育会系の奴らのグループでわりといじられてる感じの工藤が、それを嫌だと思っていることに驚いたけど、言わなかった。

「あのうちの剣道部史上最強だったたって姉ちゃんな」

「そそ、おかげでプレッシャーすっごいの」

舌を出す工藤は、愚痴や嫌なことも笑顔で包んで話せる強い奴だ。いつも元気をくれる彼女を応援している俺は「頑張れっ」と心からの言葉をかけた。彼女は八重歯を見せて「うんっ」と強く頷く。

頷いた工藤を見て、ふいに思う。きっと、風邪みたいなものに頭をやられていた。

どっち、なんだろうって。

「そいえば、なんかあっちーさ」

「うん？」

どっちなんだろう。

元気で後輩の面倒見も良くて一生懸命に楽しい時間を過ごそうとしている工藤。

「最近ちいっと元気ない時あるよね、大丈夫？」

会話の途中でクラスメイトの後頭部に躊躇《ちゅうちょ》なくジュースのパックを投げつける工藤。

「マジで？　全然大丈夫だよ」

どっちが本当の工藤なんだろう。

「それならいいんだけどさ、なーんか悩んでんなら聞いちゃうよ。せっかく隣の席なんだし」

「……別にないかなぁ」

自分が化け物かもしれないなんて、言えるわけがないと思った。

「本当に？」

「……んー、そろそろマジで受験勉強とか始まんのかなとかはあるけど」

「わー」

工藤が立ち止まり、驚いたような声をあげたので俺は頭を触りながら振り返る。

「何？」

「いやや、やっぱりあっちー真面目だなあって思って」

真面目と言われて、そのことを馬鹿にされるのかなと身構えた。

けど、違った。

「私もちゃんと考えなきゃだなぁ。剣道で高校行けるほど強いわけじゃないし。あっちーを見習うよ。代わりに私の能天気さをあげる」

「いらねえけど？」

「あははっ」

工藤は声をあげて笑った。本当は、工藤の気楽さに助けられたことが今までに何度もあった。だから、今回も何かヒントをくれるかもしれないと思ったんだ。

真面目であること、自分と違う人間であることを馬鹿にしない工藤になら訊いてもいいような気になった。

そんな質問すら本当ならずれているのかもしれないのに。

俺は、工藤を信じた。

「そういえば、別に悩みっていうんじゃないんだけどさ」

俺が意を決して投げかけてみると、工藤は急に真面目そうな顔を無理に作ってくれた。

「お、うん、なんでも聞くよ」

「工藤はさ、部活の後輩達といる時と、クラスの皆といる時と、今は彼氏とかいるんだっけ?」

「い、いないいない」

「じゃあ前に彼氏いた時かな、どの時がホントの自分だとかってある?」

「え、むずっ、んーでも」

工藤は水たまりをぴょんと飛び越える。俺はよけて歩いた。

「あっちー、達といる時かな。部活だと一応三年だからちゃんとしなくちゃいけないし、前に先輩と付き合ってた時は割と気を遣ってた」

「そっか、悪い、変なこと訊いて」

「ううん、全然」

工藤の本当に気にしていないという様子に安心する。そして、工藤がきちんと本当の自分のことを分かっているということに焦る。他の皆もそうなんだろうか。分かっていないのは俺くらいなんだろうか。

本当は、それなら工藤にとって矢野をいじめるという行動はどういう風に位置づけられているのかそんなことも知りたかったけど、そこまでは踏み込めなかった。

学校に着くまで、工藤とはいつもと同じような他愛ない話をした。

まるで、うちのクラスに無視やいじめや復讐なんて何もないような時間だった。

俺はずっと考え続けていた。やっぱり、なんの答えも出なかった。

校門の近くまで来ると、人が一気に増え、その中に大あくびをする笠井の姿が見えた。あちらも気づいて手をあげてきたので、俺と工藤も手をあげる。

と、工藤が急に溜息をついた。

「私やっぱ駄目だなぁ」

「何が?」

「え、あ、いやなんでもない」

無意識だったのかなんなのか工藤が口を押さえてらしくなく照れたので気になったけど、俺は追及をしないでおいた。工藤が駄目な奴だなんて思えなかった。

笠井は校門の前で俺達を待ってくれていた。

「おはよっ、あっちーと工藤って通学路一緒だっけ？」

「おはよー。お姉ちゃんに近くまで送ってもらったら途中であっちーと会ったの」

ふーんとにやにやしながら相槌を打つ笠井から面倒くさいいじりを受けることを回避したかったのだろう、工藤は「雨やんでよかったねー」と話題をそらした。

工藤の適当な言葉に笑いながら、俺達はそれぞれの歩幅で学校に足を踏み入れた。

こうして、今日もいつもと変わらない学校生活が始まった。

俺は、工藤のさっきの言葉を、頭の中で反芻《はんすう》していた。

本当に駄目なのは俺の方だと思った。

工藤は、自分自身をはっきりと分かって毎日を生きている。

俺は違う。昼も夜も考えることに費やせるというのに、自分のことすら、何も分からないまま、
今日またここに来てしまった。

きっと、もっと早く決めていなければいけなかったんだ。

何かは分からない。でもせめて今日、学校に着くまでに何かしらを決めていなければならなかったのだと思う。

なのに、またこれからいつもと同じような一日が始まる。

自分が誰なのかなんてことにも、クラスでどこに立つかってことにすら、明確な答えを出せないまま。

靴箱で、濡れても切り裂かれてもいない上靴に履き替え、俺とは違う、卑怯じゃないクラスメ

イト達と階段を上った。

廊下を歩いて、教室に入り、席に座る。何百回も繰り返した動き。

教室では、笑顔で声をかけてくれる奴がいて、夢中で昨日のテレビ番組について喋っている奴がいて、机に突っ伏して眠っている奴もいる。

誰も気がついていなかった。

ここに化け物が座っているのに。

ここに、ずるい僕が座っているのに。

本当の姿なんて、見ただけでは分からない。

自分自身ですら、分かっていないのだから。

まだ何も決めきれていなかった。

「おはよ、う」

まだ何も決めていなかったのに。

いつもの、ずれた声が聞こえてきた。

顔を上げ、今日も視界の端にとらえる。矢野が、にんまりと笑って、前方の入り口から教室に入ってきた。もちろん、誰も返事をしない。クラスに、冷たい空気が落ちる。

矢野のことを、気にしないようになれればって思っていた。

でも気にしないようにするって、気にするのと同じことなのかもしれない。

いつもだ。

無視されると分かっている相手に挨拶をしながら、いつだって矢野はにんまりと笑う。

それが、頭がおかしい故にやっていることではないと知っているのは俺だけだ。

本当は怖いんだと知っているのは、俺だけだ。

毎朝、何を怖がって、彼女は笑うんだろう。自分からやっていることの癖に。

自分の存在を知られてしまうことだろうか。

いじめてくる相手に声をかけることだろうか。

普通じゃない自分の行動にだろうか。

どれも、だろうけど。全て彼女自身がやめればいいだけの話だ。

ということは、そのどれもが、一番の怖さではないのだろうか。

ひょっとしたら、もっと単純に。

いじめられっこだからとか、矢野だからなんていう、答えじゃなく。

もっと誰しもが抱くような単純な気持ち。

今日も無視されていると知ることを、怖がっていたりするんだろうか。

矢野の一歩一歩が、スローモーションのようにも見えて、早回しのようにも見えた。

本当はそのどちらでもなくて、彼女はいつも通り、ふらふらと体の軸を揺らしながら時々クラスメイトと袖を触れ合わせたりして嫌がられ、歩いていた。

頭の中で、昨日の夜から一晩かけて産まれたたくさんの考えや感情がうずまいた。

今日、矢野と会う前に、何かを決めてこようと思っていた。

何かを選んでこようと思っていた。

自分が誰なのかとか。

何が化け物なのかとか。

矢野に対してどういう態度をとるのかとか。

クラスの中でどういう立場でいるのかとか。

決めていなかったから、昨日の夜、誰の為にもならない行動をとってしまった。

だから、決めてしまえば悩んだりすることもきっとないんだと思った。

なのに、一晩かけても何も選べなかった、決められなかった。

何も考えないっていう選択だってあったと思う。

でもそうするかどうかすら決められなかった。

本当に何も、決めていなかったっていうのに。

「おはよ、う」

その声は、教室にいる皆の隙間を縫うようにして、響いた。

イントネーションが変で、声の震えた、おかしな挨拶だった。

俺達は、敏感だ。

大人達が思っているよりずっと耳ざとく目ざとい。だから自分より弱いものや悪いものにすぐに気がつく。異質なものをすぐに見つける。

きっと全員に、その変な挨拶は聞こえた。

矢野のものだったなら、異質であることが普通なのだから、すぐに教室の時間は元に戻っただろう。

ただ誰が発したものだったか、誰に向けられたものだったのか、皆には分からなかったのだと思う。

俺にだって分からなかった。

どうして何も決めていなかったのに、自分がそんなことをしているのか、分からなかった。

いつもにんまり笑っている彼女だけが、驚いた顔でしっかりとこっちを見ていた。

人間の俺を、化け物の僕を、しっかり見ていた。

あっちーを見ていた。

俺は、つばを飲み込む。

どっちも知っているのは、彼女だけだ。

どっちの恐ろしい姿も知っているのは、彼女だけだ。

なのに矢野は、決して目をそらしたりしなかった。

僕を、あっちー、として、きちんとその大きな両目におさめてくれていた。

二つとも、を、見てくれていた。

それに気がついた時、俺は、もう一度口を動かした。

「おはよう」

俺を含めた全員が、二度目でようやく、その挨拶が誰から発せられて、誰に向けられたものなのか分かったんだと思う。
矢野にも、伝わった。
挨拶が、きちんと伝わった。
彼女がゆっくりと笑ったので、それが分かった。
にんまりじゃない。
少しだけ口の端をあげて、控えめに、無理をしていない、自然な笑顔を向けてくれた。
知ってるのは、もしかすると僕だけかもしれない。
それが、本当の笑顔なんだと。
「やっと、会え、たね」
彼女は余計《よけい》なほど大きな声で、そう言った。
俺はそれを咎《とが》めはしなかった。
自分のやっていることの意味を、考えていた。
仲間意識への裏切り?
矢野派への寝返り?
余計な意味もたくさん見つけた、でも本当はそんな大変なものじゃないように思った。
矢野は、やっと、なんて言ったけどそんなものでもない。
考えれば、挨拶だった。ただの挨拶。
どっちの俺にだって、出来る。

なのに。
「どうし、て？」
矢野がその短い首を傾げた。
俺は、今日になって突然、挨拶をしてきたことについて訊かれているんだと思った。
本来、疑問に思われるようなことでもないはずなんだ、挨拶くらい。
自分でも分かるくらい震えている唇で、そう答えようとしたんだけど、違った。
「なん、であっちー、くんが泣いてる、の？」
言われて、俺は初めて気がついた。
視界がぼやけて、頬を流れるものがあって、喉がひきつる。
なんで、だろう。分からなかった。なんで俺が泣く必要があるんだろう。
悲しくなんて、ないのに。
慌てて、袖で目元をぬぐった。
「あっちーどうしたの？」
横の席の工藤の声が聞こえた。
彼女の疑問は、きっと俺が泣いていることに対してのものじゃないだろう。
工藤は、俺がずれてしまったんだと思っただろうか。
だったとしたら、悪いけど、違う。
矢野はおかしい、それを本当のことだと思う俺は、まだここにいる。

緑川への仕打ちも、井口への行為も、ずれまくっている、それを正しいなんて思えない。その自分を捨てることはできない。

ただ、本当は、僕もずっとここにいたことに、気がついただけだ。

矢野は完全な悪者じゃないのかもしれないと思っている僕。

音楽が好きで、漫画が好きで、映画が好きで、それを楽しそうに話す彼女のことを、いじめてもいいだなんて思えなくなった僕は、夜だけじゃなく、ずっとここにいたんだ。

俺は何も決められなかった。

一晩かけても。どちらか一方を選ぶことなんて出来なかった。

でも、矢野の目に二つの自分が映っていることを知って、気がついた。

夜の、矢野さんを無視できない僕も。

昼の、皆から嫌われたくない俺も。

どっちも良い奴なんかじゃない。

だから、君を助けることなんて出来ない。

でも、君の声を受け止めて返すくらいのことは。

どっちも、俺で、僕だ。

そんなのは汚いのかもしれない、透明じゃないのかもしれない。

ずれているのかもしれない。

ただこれがずれているんだとしたら、今までだってずっとずれていたんだ。

ずっと、どっちもの自分でいつどちらに傾くかなんて分からないまま生きていたんだ。

その自分のまま、出来ることをしただけだ。

ああそうか、俺はいつも気づくのが矢野より一歩遅い。

自分が泣いている理由が分かった。

彼女の言う通りだった。

やっと、会えたんだ。

だから、工藤にちゃんと答えた。

「どうもしてないよ」

その返事は、俺は自分の意思で矢野の味方をしたんだという、決別の意思と工藤には聞こえたかもしれない。

けど、違う。今までの俺と同じなんだ。

夜、ちょっと悩んでしまうようなことがあった。朝、工藤と会って話して少し元気になった。

そういう毎日を生きてた今までと一緒だ。

皆がずれていないと思ってくれていた俺と同じだ。

もちろんそんな簡単に皆が、選べない俺を受け入れてくれるわけではないことは分かっていた。

中途半端な立ち位置がばれた井口に何が起こったか、忘れたわけでもない。

それでも俺は、望みを持っていた。

皆も気づいてくれること。

必要のない想像力の中に、自分がいるかもしれない。

相手の痛みの中に自分がいるかもしれない。

決めつけた自分を自分だと勘違いしているだけなのかもしれない。

皆が、それぞれ違う方向にずれているだけなのかもしれない。

決まった立ち位置なんてどこにもないのかもしれない。

俺はそれに気がついてしまった。

だから、工藤が俺を睨みつけ、俺のいる方とは逆に自分の机を引きずったことにも、彼女が自分なりにずれている中で考えた答えが俺とは違ったんだと納得した。

彼女の目は、いつか井口を見ていた中川のものと似ていた。

それを、受け入れることは難しくて。

心の底から悲しく思った。

自分のことになると。仕方がないなんて思えなかった。

それに初めて気づいたことが、重ねてショックだった。

この日の夜、久しぶりにぐっすりと眠ることが出来た。

・この物語はフィクションです。
実在の人物、団体などには一切関係ありません。

よるのばけもの

2016年12月11日　第1刷発行

著　者―― 住野《すみの》よる

発行者―― 稲垣潔

発行所―― 株式会社双葉社

〒162-8540　東京都新宿区東五軒町3-28
電話　03(5261)4818[営業]
　　　03(5261)4851[編集]
http://www.futabasha.co.jp/
(双葉社の書籍・コミック・ムックが買えます)

印刷所―― 三晃印刷株式会社

製本所―― 株式会社若林製本工場

ISBN978-4-575-24007-8　C0093

好評既刊

君の膵臓《すいぞう》をたべたい

住野よる

ある日、高校生の僕は病院で一冊の文庫本を拾う。タイトルは「共病文庫」。それは、クラスメイトである山内桜良が密かに綴っていた日記帳だった。そこには、彼女の余命が膵臓の病気により、もういくばくもないと書かれていて——。読後、きっとこのタイトルに涙する、〝名前のない僕〟と〝日常のない彼女〟の物語。

好評既刊

また、同じ夢を見ていた

住野よる

デビュー作にして65万部を超えるベストセラーとなった「君の膵臓をたべたい」の著者が贈る、待望の第二作。友達のいない少女、リストカットを繰り返す女子高生、アバズレと罵られる女、一人静かに余生を送る老婆。彼女たちの〝幸せ〟は、どこにあるのか。「やり直したい」ことがある、〝今〟がうまくいかない全ての人たちに贈る物語。

好評既刊

京都寺町三条のホームズ

望月麻衣

京都の寺町三条商店街に、ポツリとたたずむ骨董品店『蔵』。女子高生の真城葵は、ひょんなことから、そこの店主の息子の家頭清貴と知り合い、アルバイトを始めることになる。清貴は物腰や柔らかいが恐ろしく感が鋭く、『寺町のホームズ』と呼ばれていた。葵は清貴とともに、様々な客から持ち込まれる奇妙な依頼を受けるのだが――。

好評既刊

九月の恋と出会うまで

松尾由美

「男はみんな奇跡を起こしたいと思ってる。好きになった女の人のために」——ある日北村詩織は、自室の壁の穴から一年後の今日を生きているという人物の声を聞いた。「平野です」その人物は、同じマンションに住む男性だという。半信半疑ながら、平野に言われた通りに行動する詩織。平野にはある目的があった——時空を超えた奇跡のラブストーリー。

好評既刊

ゲストハウス
八百万へようこそ

仲野ワタリ

祖父から譲り受けた古民家を改造し、外国人旅行者向けのゲストハウス「八百万」を開業した元バックパッカーの安堂美香。オープンから九カ月。同僚の亮介、ミシェル、そして宿のマスコットである柴犬のヤタローとともにおくる、外国人ゲストとの楽しくもドタバタな毎日とは――。外国人ならではの視点で、日本のいいところを再発見！和の温かさに触れる物語。

好評既刊

出雲のあやかしホテルに就職します

硝子町玻璃

幼い頃から「幽霊」が見える特殊な力を持つ女子大生、時町見初。そんな彼女の目下の悩みは、自身の就職活動だった。面接は連戦連敗。中々決まらない就職先に、お先は真っ黒だった。しかしそんな時、大学のキャリアセンターが、ある求人票を彼女に紹介する。それは幽霊が出るとの噂が絶えない出雲の曰くつきホテルの求人票で――。「妖怪」や「神様」たちが泊まりにくる出雲のホテルを舞台にした、笑って泣けるあやかしドラマ‼